神回應

KOL不教你的

化解怒氣，秒殺尷尬

先看看以下一則網絡笑話：

女：「親愛的，如果我明天不幸離世的話，你會怎麼辦？」

男：「我會非常傷心。為什麼這麼問？」

女：「你會再婚嗎？」

男：「當然不會。」

女：「難道你不喜歡婚姻生活嗎？」

男：「當然不是。」

女：「那你為什麼不再婚？」

男（開始有點不耐煩地）：「好好好，那我便依照你的意思，再婚好了……」

女（生氣地）：「什麼？你再婚？你到底會和誰結婚？快講！」

男（有氣沒氣地）：「……」（通常為免節外生枝，男方都會選擇默然不語。）

女（語帶強硬地）：「給你最後一次機會：你最想跟我說的是哪三個字？！」

男（兩眼反白地）：「別……問……了。」

諸位千萬不要以為，以上只是笑話一則。其實，類似的情景每天正發生在你與我之間，甚至是彼此的朋友身上。

從以上的事例中，如果男方早就懂得用巧妙的說話輕輕帶過（例如：「如果你死了，我也不會獨活」一類的說法），那肯定會產生不一樣的效果。一句俏皮話，未必能夠成為縱橫情場鬼見愁，但卻足以令情場美女亦「冇你修」。

同樣地，在職場上衝口而出的一句話，又或者過於「率真」之言，輕則損害了和上司的關係，嚴重者更會導致口舌招「魷」，「炒魷」是也。

語言，是人與人溝通的重要橋樑。一語既可成災，也可解千愁。怪不得坊間的「口才訓練班」如雨後春筍，前往報讀者亦眾。

《KOL不教你的神回應》正是建基於社會大眾的這種需求上。透過數十個取自日常生活中的模擬對話，闡釋「建議金句」和「禁句例子」的利弊，並找出致勝的語言策略，好讓讀者就算在危急關頭中亦能轉危為機，化險為夷。就算動口不動手，亦能飛黃騰達，成功我可以。

Part 1 見工時刻
一句話令面試官無法挑剔

Part 2 面試時刻
一句話回應意料之外的問題

Part 3 歡聚時刻
一句話秒殺交際應酬的煩惱

Part 4 煩惱時刻
一句話紓解鬱悶的心情

Part 5 憤怒時刻
一句話撲熄彼此的怒火

Part 6 浪漫時刻
一句話讓良好氣氛升溫

Part 7 失落時刻
一句話讓失落化為烏有

Part 8 尷尬時刻
一句話讓自己不再面紅耳赤

Part 9 決策時刻
一 句 話 讓 助 你 果 敢 決 斷

~Part 1~

見工時刻

一句話令面試官無法挑剔

神回金句

完全同意，實際工作當然比由書本上可以學到嘅更豐富。就係因為我響讀書時候已經明白到呢點，所以自己一直利用空餘時間做兼職，我相信憑著自己嘅遠見同積極上進，一定可以令我勝任呢份工。

優點剖析

與成功有約

很多求職人士，尤其是初出茅蘆的畢業生，他們在面試後，往往會責怪面試官發問太多令人摸不著頭腦的問題，彷彿對方在故意刁難自己。

其實，面試就好像一次相親，應徵者當然希望找到一個能夠發掘自己優點的老闆，而僱主亦希望找到優秀的員工。至於雙方是否一拍即合，很大程度上是取決於求職者見工面試時的一席話，來表現自己的誠意、智慧和應變能力，並使到對方留下良好的印象。換句話說，這些「意料之外」的問題，絕對是無可避免的——除非對方無意聘用你。

以上的個案便是一例,難道你會認為面試官不知道畢業生的資歷有多少嗎?當你明白了這點以後,便可以知道考官其實用的是「激將法」。在「神回金句」中,你不用為自己的社會經驗淺而羞愧,相反,這正是你為自己的勤奮和遠見申辯的最佳時機。

禁句例子

啱啱畢業就梗係冇經驗㗎啦,唔想請咪算囉!

缺點透視

讓你陷入長期失業的困境

正如前文提到,面試雙方玩的其實是一場智力遊戲。面試官為了從過百(甚至上千)名的求職者中去蕪存菁,都會盡量引你犯錯。如果你好像「禁忌説話」中回應面試官的提問的話,便正好顯示閣下心浮氣躁(套用今日的用語:「EQ」低),試問僱主又怎會選一個動不動便發同事、上司,甚至客戶脾氣的人?記住,這種性格只會讓你錯失一次又一次的工作機會。

神回金句

咁你哋會唔會為呢個職位設一個薪金範圍？

優點剖析

保留雙方合作的空間

許多人在面對以上的情況時，會明碼實價地告訴面試官，而結果通常有兩個：如果銀碼太大的話，往往只會嚇跑了對方，令自己錯失工作機會；如果銀碼太低的話，不但令對方重新評估你的工作能力，更甚者會令你造成金錢損失，結果是令雙方不歡而散，彼此沒有合作的機會。

相反，如果你按照「神回金句」的方法回應，即是待對方先説出一個薪金範圍後，你再按自己的資歷和市場行情和面試官進行調整，並表明如果僱主對自己的工作表現感到滿意時，又是否可以在一定

期限內有進一步調整的空間？（該「一定期限」通常是指試用期以後）讓對方明白你絕非急功近利之輩。

禁句例子

隨便你啦！你覺得我值幾多咪幾多囉！

缺點透視

任人擺佈絕非好事

隨便將薪酬的主導權交給僱主，最少會造成兩種反效果：首先，在公司的人力資源來說，僱主當然希望以最低的價錢獲得最上等的人才，於是你的壓價幅度將大得驚人，就算你年年加薪，亦必定大大低於市價。

另外，在個人的長遠發展來說，筆者可以預見閣下的晉升機會亦必定有限——能夠說出「禁句例子」的人，可以看得出他的性格是何等軟弱。如果站在僱主的角度來看，一個連自己的權益都不懂得作適度爭取的人，他朝又怎能為公司據理力爭？

神回金句

因為我符合呢間公司嘅招聘條件，再加上自己掌握嘅專業技能、強烈嘅責任感同良好嘅適應與學習能力，我相信我可以勝任呢份工作。如果可以獲得貴公司聘用的話，我必定會盡力做到最好。

優點剖析

站在別人的角度看問題

以上的「神回金句」的精妙之處，在於讓面試官感覺你是和他們站在同一個角度看問題。

其實，大部分的僱主最希望聘用的，並不是擁有一連串銜頭或厚厚一疊證書的求職者，相反是對工作充滿熱誠、擁有強烈的責任心的人——而事實上，成績出眾的求職者，很容易便被人聯想到「心高氣傲」、「不守本份」等負面形容詞。

只要你有這份自信的話，便足以打動僱主的心，拉近面試的成功機會，並將會在職場無往而不利。

禁句例子

因為我自細嘅理想係XXX……

缺點透視

流於空談理想

如果閣下打算用個人理想來動之以情的話，恐怕效用將不大，以上的情況尤以香港社會的情況為甚。

在這個崇尚功利主義的社會裡，和老闆談理想往往會被聯想為「不設實際」、「浪費金錢」等……負面評語，嚇怕了對方。

神回金句

係呀，我啲朋友都叫我是但搵份工做住先。但我又唔想騎牛搵馬，因為咁唔單止浪費自己嘅時間，仲會令到老闆好唔方便，所以我都好希望早日搵到好似呢份咁啱長遠發展嘅工做。

優點剖析

事事以僱主的角度出發

相信有不少讀者都試過，在失業的時候，身邊總有人會叫自己抱著「騎牛搵馬」的心態找工作，又或者勸我們索性轉行，另覓出路。

姑勿論以上的「好心人」的建議是否適合自己，其實你是可以借助他們（如你沒有遭遇過以上的情境的話，虛構亦可）凸顯自己的職場智慧，並增加面試官給你的印象分——畢竟，一個在求職擇業的過程中，只懂藥石亂投（即「騎牛搵馬」）的人，最終只會浪費光陰，吃虧的只會是自己。

當然，為了向對方顯示閣下並非「守株待兔」之輩，你應告訴僱主自己在待業期間如何裝備自己，例如學習了哪一門的專業知識（在家自學亦可，因為都已失業了，何來有錢「報course」？），以及怎樣增進語文能力，讓對方感受到你的誠意。

禁句例子

有法啦，我都唔想㗎喎！邊個叫而家社會經濟唔好，人浮於事咩！

缺點透視

缺乏積極的思想

在「禁句例子」中，語句中對社會的批判、個人的軟弱無力感可謂不言而喻。

面試官聽到你語重心長的真情剖白後，除了會投以同情的眼光外，更必定聯想到閣下是一位憤世嫉俗，又或者時常感懷身世，終日為自己的懷才不遇悲戚的人。試問如果你是老闆的話，又敢僱用一位影響同事情緒的「牢騷王」嗎？

再說，經濟不景乃世界國家同樣遭遇到的問題，因經濟低迷、人浮於事又確是存在於每個社會之中，那為何單單只有你一人長期失業？

一個滿肚怨氣、不思進取的人，將註定永遠成為職場的失敗者。

神回金句

其實有邊啲困難都唔係最大考慮，因為呢啲都係響過程中一定會發生，最重要係我哋要有堅毅嘅精神，同隊友有充分嘅合作同周詳嘅準備，相信任何困難都可以克服。

優點剖析

對正下藥解決難題

你不用太細意刻劃在執行上所遇到的困難，因為那都不是你能預見的東西（尤其如果你是「外行人」）。相反，面試官最想了解的，是你在面對困難時所持有的態度。

如果要用一句話形容對策的話，就是：「態度決定一切，細節決定成敗」。

在「神回金句」中，例句只對在工作上所可能遇見的困難輕輕帶過，相反答案卻側重自己的處事態度，以及對細節的重視，相信以上的答法必會令面試官感到滿意。

> ## 禁句例子
> **我認為響執行呢項工作上，將會遇到XXX一類嘅問題。**

缺點透視

走入萬劫不復之地

注意，如果你要用答法的話，你必須要有整份計劃書在手！

雖然你會嘗試努力地想像（畢竟你還是「外行人」）所遭遇到的問題，就算你成功闖過這關，但當面試官再進一步問你：「咁你會點樣妥善地解決你剛才提到嘅問題？」，又怎辦？

如果以上的情況屬實的話，那麼可以肯定的是，在閣下未清楚這份工作有什麼可預見的困難前，筆者便已可預見你將被問得「口啞啞」，甚至會對你的應變能力抱懷疑的態度，大大地扣減對你的評分。

6 見工時遭面試官問你 「跳槽」的原因……

神回金句

因為我相信呢份新工可以給予我更良好嘅發揮機會同發展空間。

優點剖析

用誠意感動對方

「神回金句」既表現了你在這行業的銳意發展，也表達你對自己事業的關注，絕非「騎牛搵馬」之輩。

為了加強說話的說服力，你不妨說說你對這個行業、職位及公司的看法，此皆有助對方對你的認識，及有助說明你的誠意。不過，鑒於你是「跳槽者」的身份，所以你在面試時應盡量避免提及薪金、福利等問題，否則會讓對方誤解你只是純向錢看而已，讓會談功虧一簣。

禁句例子
宜家份工做得唔係太開心，因為老闆俾嘅人工太低，所以我想搵間好少少嘅公司。

缺點透視

中正對方的下懷

千萬不要忙著辯解你離職的原因（儘管那是一聲「親切的問候」，因為對方可能想藉以測試你的底蘊），尤其不要將你原因歸究於上司不能善待你、人事鬥爭熾熱……否則只會將自己的弱點全面曝光。

要知道，天下間所有的僱主都非常注重員工的團隊意識和奉獻精神。一個整天在抱怨東、埋怨西，又或是將薪金看得比什麼都要重的人，是絕對不會將工作看成事業的一部分。

更甚者，當你滿以為覓得「知音人」，於是便在面試官面前盡訴心中情，以為可以將滿肚怨氣盡情釋放，誰不知你已犯下「過橋抽板」的職場大忌，對方不但不會同情你，相反更會暗自盤算，懷疑你是否懂得職業道德，並送你一大個評語：「certified death」（意即：你已不獲取錄，施主還是回頭是岸吧！）。

神回金句

我本身唔係好鍾意X科，但正因為咁，我屋企人教我用特別嘅方法令自己對嗰科產生興趣，令我嗰科都有幾好嘅成績。

優點剖析

避免自暴其短

對於這個題目，面試官提問的背後目的，是想旁敲側擊地叫求職者透露自己的弱點何在——我們先不要將僱主標籤成奸詐狡猾，因為如果站在公司的立場，他是絕對需要在短時間內掌握求職者的長處和短處，以免日後有「人才錯配」的情況出現。

話說回來，其實不同的學科，正好刺激學生不同方面的發展，例如：數學科能夠鍛鍊邏輯思維能力、體育科可以培養學生的團隊精神、美術科更可孕育學童的審美眼光。

雖然每人對不同的科目都有不同程度的喜好,但我們亦不可回答得太直接。相反,你可以學以上「神回金句」的答法,來防止僱主在這問題上大造文章。

禁句例子
我最唔感興趣嘅就係體育科,因為我覺得佢對我哋嘅生活冇任何幫助。

缺點透視

「聰明」反被「聰明」誤

正如之前所述,假如你懶於修讀某些科,很大程度上會削弱你在與該科有關的能力,日後的表現亦會較為遜色,及將來當要完成某些工作時會比較吃力,甚至容易放棄。所以,不要以為單單答體育、歷史等這些較「大路」的答案,便可以安全逃過僱主的「法眼」。

專家錦囊

如何處理緊張的情緒

當我們的生命或權益受到威脅的時候，緊張和焦慮是正常的反應。有時候我們會變得過度緊張不安，而實際上並沒有真正的威脅或危險存在，過度反應常常弄得自己心神不寧、困擾不堪，不僅無法冷靜思考事情，也無法控制自己的情緒。如果你有這樣的反應就要小心了！因為過度緊張常使我們變得膽小害怕，憂心匆匆，容易動怒又容易挑剔，因而形成抑鬱沮喪的情緒。

情緒緊張基本上是源於心理上的威脅感受，許多人因為擔心危險、擔心失敗、擔心吃虧而緊張，更多人是因為對自己要求太高，隨時擔心他人的看法以及害怕「丟臉」等原因，而讓自己經常處於緊張情緒的狀態下。

疏導緊張情緒有法

疏導緊張情緒的方法，首先必須能察覺情緒的緊張狀態，除了顯著的焦慮不安以外，緊張有時也以其他的面目表現，例如：煩躁、鬱悶或吵架、責難等，緊張的反面是鬆弛安適，而非興奮或歡樂。在此提供一些方法，協助大家更有效地處理自己的緊張情緒：

1.講出來：把自己內心的煩惱說出來，是最基本而有效的方法。很多嚴重的情緒問題，常是內心積壓太多的結果；所以找一個可靠而頭腦清晰的人來談一談，你會發現「說話」可以幫助一個人解除或舒緩情緒的束縛，並且把問題看的更客觀清楚。

2.採取行動：一次只做一件事，是避免困坐愁城的良方，先清理一、兩件重要的是，剩下的其他事，看起來就不會這麼可怕和混亂了。

3.避免苛求自己：凡是追求十全十美只會帶來挫敗的滋味和不滿意的感覺，同時也讓人感到煩惱不安。所以，倘若你已盡力去做了，即使力有不逮時，也不要太責難自己。

4.偶爾必須把問題丟開：暫時拋開一時無法解決的問題去兜風或找人談談別的事，亦可使自己焦躁的心情恢復平靜。

5.善用行動化解怒氣：為避免發完脾氣後，讓自己後悔，不妨用一些體力行動來宣洩這股積聚的情緒，如：整理房間、清洗衣服、運動或大哭一場，皆可幫助自己以比較適當的心情處理不愉快的事情。

6.走出自我關注的樊籠：過份注意自己或別人對他之回報與看法的人，不妨試試真誠、不求回報地為別人做一些事，說不定反而會覺得舒坦些。

7.適當的表達自己：學習把自己對他人的好感、謝意或委屈、不滿，乃至自己的個性、愛好等，逐步向他人表白。你將會發現，生活的視野拓寬了，而精神的負擔也減輕了。

8.偶而讓步一下：競爭是有傳染性的，然而合作也同樣會傳染，當你給別人一個機會時，往往會發現，自己也鬆了一口氣。當為自己的立場而據理力爭時，需要提醒自己，因為自己也可能犯錯。

9.不要執著於批評：每一個人總有他的優點、缺點和存在的價值，不妨多發掘別人的長處與優點，協助對方表現好的一面，同時也肯定自己的優點與價值，讓自己過得快樂。

10.安排生活的調劑與娛樂：娛樂是身心健康的基本條件，也是緊張生活中不可或缺的滋潤劑。

11.不要為緊張而緊張：每一個人先天的脾氣與後天培養出來的性格各部相同。當然我們會有一些小毛病，但不妨嘗試接受自己的部分缺點，或許心情反而能舒暢許多。

~Part 2~
面試時刻
一句話回應意料之外的問題

1 見工時遭面試官要求你提出為公司逃稅的方案……

神回金句

X先生/小姐，我恐怕自己未必能夠完成呢項指令，因為一旦被揭發，公司嘅形象將會蕩然無存，有關嘅高層亦會受法律嘅制裁。喺權衡得失下，呢件事會係因小失大。

優點剖析

讓自己免受牢獄之苦

以上的情境，相信是典型的兩難局面：倘若你當場列舉一籃子逃稅方案的話，那就等如協助公司瞞稅，亦即「知法犯法」；假如你拒絕回答面試官的提問，雖能彰顯你的公民意識，但又擔心僱主會認為你「辦事不力」，最後過不了面試官這一關。

要解決以上的問題，不難。你可以參照以上的「神回金句」作答，你的對應表面上是維護公司的形象和保護上司的安全，實質是令自己免受牢獄之災——畢竟，問題始終與自己的前途和聲名有關，故緊記要三思而後行。

禁句例子

我嘅建議係⋯⋯有望能幫助公司逃稅。

缺點透視

誤進考官的圈套

如果你當場列舉一籃子逃稅方案的話,即使閣下的計劃有多完美、構思如何精密,那都注定你將要失敗——因為你已掉進了面試官的陷阱。面試官發問這條問題的目的,並非要知道你計劃的內容,而是想測試你的「職業道德」。

要記住,遵守法紀是每位員工或每個市民最基本的責任。當然,如果你的公司是從事不正當的業務,那又另作別話了。

神回金句

如果公司要我出差嘅話，我會好樂意接受，因為我知道佢其實係我工作嘅一部分，呢點我非常清楚。

優點剖析

切中問題要點

顯然，這又是一條面試官「聲東擊西」的問題，的目的是想通過此問題來了解你的家人或者你的戀人對你的工作持何種態度。

對於見過無數求職者的面試官來說，他們認為最浪費自己時間和最疲累的，並不是每天都要游走於不同的面試中挑選人才，而是前來求職的人根本沒有準備，甚至是「白撞」，所以他們需要從問題中揣摩求職人士的見工心態。

如果閣下參照以上「神回金句」回應面試官的話，那便可以讓對方知道你對應聘工作的誠意，暗示自己是有備而來，並肯為公司奉獻的精神，敬業樂業。

> **禁句例子**
> **而家仲年輕，成日要我響屋有時都好悶。我好鍾意出差，一方面可以幫公事做嘢，另一方面又可以順便睇吓外國嘅風景。**

缺點透視

處事未夠成熟

雖然以上的「禁句例子」乃一般人的心聲：能夠寓工作於娛樂，那真是一舉兩得呢！可是，這種說法難免讓人對你產生將「出差」和「遊覽」混為一談，間接令人覺得你有本末倒置的情況，處事不夠成熟。

神回金句

因為我覺得呢間公司響人才培訓、晉升機會都做得十分好，我覺得呢度好適合自己，我相信我一定可以將工作做好。

優點剖析

避免墮進面試官的陷阱

面試官這條問題，可謂又一古惑題目，目的是使你在不知不覺間，引誘你墮進他預設的陷阱裡。

如果你答「是」的話，老闆會怎樣想？

不妙！那就暗示你是「一腳踏兩船」之輩。試問又有哪一間公司會聘用你這名「二五仔」？

那麼如果你答「否」又如何？

後果可大了！那又代表你缺乏自信。連自己都沒有自信的人，試問又有哪位老闆會將你委以重任？

在「神回金句」中，你沒有正面地答面試官的問題，相反，你選擇輕輕地將提問帶過，並向對方「大笠高帽」，將什麼良好的晉升機會、完善的培訓機制，甚至與自己的「時辰八字」相夾等理由統統加上去，彷彿讓別人以為彼此天造地設一樣，叫對方不能拒絕。

禁句例子

因為我諗住嚟學吓嘢，充實自己。

缺點透視

短小精悍威力驚人

短短的幾個字，足以令所有僱主對你望而卻步。

許多求職人工，尤其是初出茅蘆的畢業生，他們在面試的時候往往會說：「我係嚟學嘢」、「我想擴闊自己嘅眼光」。

如果你每次都如是說，你將永遠無法脫離失業大軍的行列。

求職人士要記住一點：公司不是學校，這裡不是讓你來學東西的地方，而是要運用你的專長來幫公司做事的。所以，在任何的情況下，你都要向面試官表示自己會全力以赴，方為上策。否則，僱主會以為你抱著遊戲人間的態度去做事，令你錯過了一次又一次的工作機會。

神回金句

不過我相信內向嘅人通常都係實幹型嘅員工，佢哋比其他人更能專注工作。同埋我相信響工作上發言係貴精不貴多嘅，唔知阿X先生/小姐你點睇呢？

優點剖析

讓缺點轉化為優點

正如之前提到，有時候面試官在見面時會向你大潑冷水，強調你應徵的職位有很多要求，而你本身亦有許多不足的地方，令你永遠無法勝任該位工作。

所以，在答這問題時非常講究技巧，因為你既不可承認，也不可只答「是」或「否」來作簡單陳述。

有見及此，你應把自己的缺點，巧妙地說成優點（起碼都要是上司眼中的優點）。這樣既回答了面試官的問題，又表現了自己對工作的用心，試問有哪間公司不希望聘請到一位這樣的員工？

禁句例子
我知道我係怕醜咗啲⋯⋯我都努力改緊㗎啦，希望你俾次機會吖！

缺點透視

自暴其短

在面試時，過分的誠實會令你與成功背道而馳。

在以上的例句，求職者的答法，無疑是赤裸裸地承認事實。叫僱主「俾次機會你」？難道你認為公司是「僱員再培訓局」？又或者坐在你眼前的不是面試官，而是正在「抄牌」的交通督導員？

與其希望別人「俾機會自己」，倒不如為自己締造最有利的位置。

當面試客發問這條問題時，其實是在考驗求職者的應對技巧，以及處理問題的能力。對方如實回答，不單暴露了自己缺乏應對技巧，更只會給了主考人一個拒絕聘用的好理由。

神回金句

其實除咗讀書，我仲參加過其他活動，因為我覺得一個人嘅成績唔能夠真正反映佢嘅能力。不過其實我嘅學術水平都唔錯，如果你有任何疑問，你即管考吓我。

優點剖析

揚長避短推銷自己

以上的「神回金句」，適用於剛從學院畢業，且學術成績不太出眾的求職者。

由於職場新鮮人沒有什麼實戰經驗可供僱主參考，所以面試官自然會將焦點放在你的學術成績上——亦即是你的致命傷。

如何應對？首先，你必須分散他的注意力，向對方說明要判斷一個人是否「好學生」，不應只著眼於學術成績，相反是應該從多方面去衡量。之後你便可以向對方闡述你在其他方面的才能。切記，最後你要補充一句，自己的學術成績也不比想像中差，免得讓對方以

為你在逃避責任（你不用怕面試員真的會考你書本上的知識，因為僱主通常都不會這樣做，相反對方卻會欣賞你的勇氣）。

禁句例子

陳經理，我明白你嘅意思……

缺點透視

胡亂猜度問題動機

正如之前提到，面試官提出的每條題目，背後的動機都非常複雜，但有時甚至可以是無動機（例如面試官當天給病得「五顏六色」，腦袋空白一片），故只好邊問邊想。如果求職者對他的提問顯得太過敏感的話，便容易在面試內失分了。

賣弄小聰明

在不少人都喜歡在面試官面前賣弄小聰明，揣測對方的心意和動機。可是，下屬這類「叻唔切」、「懶醒」的行為，往往是上司最不喜歡的。如此類推，面試官的不悅，只會令面試者求職失敗。

神回金句

我相信冇人會願意一年到晚都搵工嘅，亦都唔會有人甘心將自己鍾意做嘅工輕易放棄。就好似呢份工吖，如果佢可以令我學以致用，發揮到自己嘅潛能、學到新知識，仲可以得到合理報酬嘅話，我又點會唔專心一致為老闆效勞？

優點剖析

表達對公司的期望

面對這個問題，當然沒有人會回答說會做一輩子，也沒有面試官會期望這個答案。這問題的目的，其實在考驗求職者的思考能力和應對技巧，求職者亦不妨說出，自己會一直在公司工作的原因，例如是能夠令自己發揮才能、能使自己有滿足感、工作充滿挑戰性等等，說出自己對公司的期望，只要公司滿足到自己的期望，自己便會一直在公司工作下去。

做個精明的員工

回答問題時也表達出，若果公司令求職者失望，他是會另謀高就，
說明自己是一個進取的人，而這些亦都是每間公司所渴求的人才，
面試官亦不希望聘請到的是一些愚忠的員工。

禁句例子

起碼做幾年睇吓點先啦！

缺點透視

求工作不是求職業

每個老闆在求職者未入職之前，都未能肯定他對公司的貢獻；同樣
地，每個求職者在未就職之前，亦無法知道僱主能否給自己發揮的
空間。所以當面試官問求職者打算做多久時，這真不容易回答呢！
如果求職者回答說「起碼做幾年睇吓點先啦！」的話，就表示求職
者只是為求取一份有報酬的工作，而不是在尋求一份有前途的職
業，這對於希望聘請人才的公司來說，這求職者明顯地不是一個理
想的人選。

神回金句

瑣碎嘅事情響多數工作崗位上都係唔可以避免的，如果我響工作中遇到呢啲情況嘅話，我會認真同耐心咁做好佢。

優點剖析

摸透對方的心理

這又是個「兩難」的問題：如果直接回答「喜歡」的話，似乎又有違常理，甚至予人「做戲」的感覺；如果説「討厭」，則似乎每份工作都有它瑣碎的細項要處理。

其實，僱主的明知故問時，目的是要考考你的「工作態度」——如果下屬沒有良好的工作態度的話，又怎能將工作做好？

「神回金句」中最精妙之處，是猜對了僱主的心意，並強調了自己對瑣碎事情的敬業精神——認真、耐心和細緻。既真實可信，又符

合對方的用人心理,絕對是見工面試最百搭的答案。

禁句例子

我兩樣都唔鍾意,瑣碎嘅工作最煩人,討厭嘅工作侮辱咗我嘅智慧。

缺點透視

暴露弱點

如果你在面試時,用以上的「禁句例子」來回答面試官的話,那你將永遠墮進長期失業的境地。因為,每份工作都有其細節要處理,而這些「細節」就是其瑣碎和讓人討厭的地方。倘若你向僱主表示你既討厭做瑣碎的工作,又不喜歡討厭的工作的話,相信沒有一位老闆會敢聘用你。

相反,筆者建議你向面試官強調「自己不喜歡」不代表「自己做不來」。況且,你為工作付出是有薪水作報酬的。

專家錦囊

了解老闆各種挑選見工者的準則

許多用人單位在招聘時，為了從眾多的求職者中篩選出自己真正需要的人才，常常少不了用各種考試來測驗和考查求職者真實的素質、水準和能力。以下介紹幾種特色考題。

秘不宣而考的考題

招聘考試有的是事先明確地讓應徵者知道是在考他，而有的則是事先不講明，在應試者不留意中進行測試的。有一家食品公司招募業務員，老總特意留下10位初試入選者吃午飯。下午復試時，午餐交談甚歡的3位應徵者中選，而心思重重、食不甘味的另7位卻全部名落孫山。這位老總事後解釋說，公司要求每個員工都要有良好的心理素質和應變能力，否則是做不好業務員工作的。像這樣的考題就提醒應試者：在參與招聘單位的一切活動中，都要增強應試意識，處處留心招聘單位在暗中測試你，爭取成功。

故設圈套的考題

阿John應聘電視台記者,筆試過關後參加面試,主考官問道:「你説你愛好寫作,可是我看了你填的報考表,但在自我評價一欄中居然出現了三次語法錯誤。現在既沒有多餘的表格,也不準塗改,你怎麼辦?」阿John吃了一驚,填表時他字斟句酌,怎麼可能出現這樣的錯誤呢?時間不允許他多想,他當機立斷,邊想邊回答:「為了彌補失誤,我在表後附一張更正説明,上面寫道:某某地方出現了三處語法錯誤,實屬填表人的粗心大意,特此更正,並向各位致歉。」不過……。他停頓了一下,接著説:「在發出這份更正説明之前,我想知道是哪些錯誤,因為不能無的放矢,錯誤地發出一份更正説明,我不願意犯這種錯誤。」考官們笑了,原來這是故設的一個圈套,想看看求職人士的應變能力和懷疑精神。

意外出錯的考題

考題本身不應該隱含錯誤,但是意外的情況還是有的。曾經有位求職人士,前往應徵某報社招聘校對員的職位,筆試結束後,他面帶笑容,說考得不錯,但對改錯一項仍心存疑慮:因為考題標明文中有30個錯別字,一字一分,她只改正了25個,於是失去了5分。後來,他被錄取後,才知道原來有5個錯別字未能從電腦中輸出來,改正25個就是滿分。有的應徵者為取得滿分,反把對的改錯了。上司一致稱讚這位朋友的語文基礎好,沒亂改一個字,十分難得。

與所聘工作毫不相干的考題

筆者的朋友試過一次往幼兒院見工時，筆試時的問題是：「我母親的生日是…」我的朋友就心想：母親生日與這份工作有何關係？面試官就答：幼兒院工作要特具愛心，連自己親人的生日和病痛都不關心的人，愛心何在？細細想來，這樣的題目出得實在是匠心獨運，別具一格。故此，有這樣的題目亦絕不出奇。

從求職者所攜帶的物品上出的考題

求職面試，有的考題是預定的，有的考題是隨時隨地、見機行事提出來的，有時從求職者身上所攜帶的物品上也能出題來考你。有一位電腦人才，參加面試時身上背著一個碩大的行李包，這引起了主考官的注意和好奇。主考官暗自思忖：究竟裏面是些什麼玩意呢?因此第一個問題就是「囊中探物」。「請你出示一下有關的證件和證書」。主考官見他剛坐下，便立即發問。只見這位求職者十分吃力地放下行李包並解開，不慎從行李包中抖落出幾副撲克牌。這位求職者不好意思地解釋說：「我馬上要去出差。」雖然他的解釋合乎情理，但無論如何這種場景使他的形象大打折扣，最終導致他應聘的失敗。由此看來，求職面試不該帶的東西最好別帶，必須要帶的東西也要精心選擇，以免給你帶來不必要的麻煩。

~Part 3~

歡聚時刻

一句話秒殺交際應酬的煩惱

神回金句

（假裝接過來電後表示）阿X（朋友的稱謂）呀，我男/女朋友突然搵我有急事，我要行開一陣。你哋玩住先，我轉頭返上嚟！

優點剖析

巧妙地為自己解困

在今日社會，「入屋除鞋」差不多已經是人人都會遵守的禮儀守則。不過，倘若閣下穿的是一雙破襪的話，又該如何應對呢？

由於襪子是和「面子」有非常密切的關係，故為免被人取笑或引起其他不必要的煩惱（例如被朋友追問你的經濟狀況），你可以參照「神回金句」來為自己解困。你可以假裝收到男友/女友「急call」，要暫時離開現場——實情是走到附近的商店購買一雙新襪。花掉少少的金錢，就能保存個人的名節（起碼沒給人講閒話的機會），何樂而不為？

禁句例子

我唔除鞋得唔得呀？

缺點透視

將快樂建築在別人的痛苦之上

要補充一點的是，「入屋除鞋」除了是禮節上的考慮外，更是基於家居衛生作出發點。如果你只為了單方面的考慮，硬要穿著骯髒的鞋子在朋友的家中亂走的話，對方口中雖説不介意，但心裡可不是這回事呢！對方必定會暗罵你不識大體，不懂得與人相處之道，而戶主在賓客離開後，亦要加倍清潔。

神回金句

最衰我呢幾晚都唔得閒，唔可以成晚陪你哋，一係我坐一陣走啦，好唔好？

優點剖析

因小失大

在職場中，和同事在公餘時候的聚會，是建立良好的人際關係的便捷方法。

可是，對於部分性格比較文靜的人來說，他們往往會視這些「交際應酬」為洪水猛獸，尤其如果約會的地點是在酒吧的話，一幅幅杯光斛影、煙霧迷漫的圖畫便會即時浮現在腦海之中，教他們傷透腦筋。

如何對策？如果閣下因為活動的地方不合自己的喜好，而拒絕前往的話，除了給同事「唔俾面」、「懶高竇」之感外，無疑是失去多結識一個朋友的機會，也截斷了和其他同事發展正常社交的渠道。

若再從功利的角度來說，如果同行的還有「上司級」人馬的話，那你便會將在領導層面前施展卓越智慧的「黃金機會」白白溜走。記住，上司無時無刻都會留意各同事的表現。

> ## 禁句例子
> ### 如果要去埋啲咁嘅地方，就唔使預我。

缺點透視

嚴重損害同事的尊嚴

如果你依照「禁句例子」所載的説法回答熱情的同事的話，那可以肯定日後你將被對方孤立。

因為你的説話背後的意思是：閣下自認是高人一等，看不上約會的地方，認為該處不夠氣派，並覺得眾同事的品味低俗、所點的食物味如狗糞，有負你大人的期望，實在是辦事不力……無論是何種解釋都不重要，因為你已經令到同事們感覺難受。

雖然筆者明白到你只是無心之失，想表達你的意願，但可惜覆水難收。令你他朝需要做更多的「公關工作」，才能改善你在同事之間的形象。

在前往男友家中拜年時，你和男友二人均慘被「三姑六婆」苦纏著不放……

神回金句

（先偷偷到洗手間給朋友打電話，再回到親友團中等待來電。待手機響了數遍後才接聽）「我宜家響男朋友屋企呢……（神情凝重，並高聲道）吓？咩話？咁大件事？咁冇辦法啦，我即刻到！」

優點剖析

做法一舉數得

以下的情況，在現實中不難找到相似的例子。當遇到以上的情況，可謂叫苦連天。因為就算被那班俗稱「八公八婆」的姨媽姑爹如何「圍攻」，作為後輩的你亦絕不能有半點動容，否則只會惹來親戚的閒言閒語。

不過，「神回金句」則可助你脫身。旁人一旦見到你匆匆掛上電話，必會聯想到閣下「家有要事」，自然不敢再打你主意，甚至會催促你盡快離走（又或者幫你電召計程車）。

此時，你的男友（先假設他細心盡責兼「眉精眼企」）必定會盡其「護花使者」的職責，陪伴你左右。待你們二人成功鑽進車廂後，

究竟該「目的地」是公司、戲院，抑或是某大型購物商場，都已經不再重要了。

不過，如果計劃要順行進行的話，必先要找一個守信用的朋友才行，否則你只會乾等對方的來電。

禁句例子

乜你哋問咁多嘢唔厭嘅咩？

缺點透視

難為了家嫂

面對「三姑六婆」的左一言、右一語，雖然我們都想著他們閉咀，但那根本是不可能的事情。

但如果你終於按捺不住，並說出類似以上「禁句例子」的說話，結果將必會如你所願——鴉雀無聲。

然而在開心過後，可「有排你受」呢！筆者現嘗試列出數項他們會你羅織的罪名：「冇家教」、「唔俾面」、「蝦阿婆」、「唔識大體」，隨即會向你男友的父母「告狀」：「乜你個仔揀埋啲咁嘅女仔㗎」……即使他朝你嫁給現任男友，你倒給「三姑六婆」的那杯「新抱茶」，恐怕亦要跪上數小時後，她們才肯喝下。

神回金句

我宜家咁忙，邊有時間識男仔
吖！有時見同事仲多過見屋企
人，上次嗰個都係因為我冇時間
陪佢，所以先至散之嘛！

優點剖析

令好事者停止追問

許多人在面對親友的催婚時，都會選擇「以笑遮醜」。然而，這對
杜絕「好事者」鍥而不捨的追問是毫無幫助，相反只會助長他們的
行徑。

在「神回金句」中，例句表面上是訴說自己分身乏術，實則是指：
「我好忙喫，阿媽都唔得閒見，就算你哋啲三姑六婆想約我去相
睇，我就例必唔會到！」

為避免「好事者」的死心不息，例句亦留有「後著」──指出「上
次嗰個都係因為我冇時間陪佢所以散之嘛！」，來說明是自己「早
有前科」。就算再給一次機會其他男生，最後亦只會重蹈覆轍。

禁句例子

我夠想結婚啦，弊在身邊冇個男仔合眼緣嘛！

缺點透視

連串煩惱的開始

「禁句例子」隱藏著兩個或以上的問題：首先，旁人會認為你「奄尖聲悶」，更會暗中挑剔你：「你有啲咩咁巴閉呀？」，有損你高貴的形象。

另外，例句亦彷彿將你塑造成「閨中怨婦」一名，令一眾「好事者」有機可乘。

為了給你的父母「賣人情」，他們便藉詞相約你到茶樓見面，實質是給你硬銷身邊的「好男仔」，情況如同「相睇」一樣，令人感到非常尷尬。

估不到你的一句胡言亂語，便造成煩惱的開始。

神回金句

其實大家都差唔多啦！我冇講你知啫，反正呢啲嘢拍拖時候實有，我都唔記佢咁多咯，記咁多唔開心嘅皮膚都差啲啦！

優點剖析

鼓勵對方以正面態度做人

儘管閣下是在蜜運之中，但為免招人嫉忌起見，建議你還是將自己的甜蜜笑容暫時收起。你不妨先用心聆聽友人的説話，並在適當的時候向對方表示自己亦是「過來人」，引導該名友人要以平常心看世界。

以上的做法，不但可以讓友人抒發悲哀的情緒，更可以鼓勵對方積極面對人生，避免聚首氣氛由喜轉悲，做法可謂一舉數得。

為了分散友人的注意力，你不妨在句末加插對方喜歡的話題，例如在「神回金句」中，由句末可以得知，那名友人必定喜歡化妝美

容。又例如假使對方喜歡旅遊的話，句末則可以改為「記咁多邊有時間去玩先得㗎？話唔定你響外國遇著個靚仔或型仔導遊呢！」句子具多變性，一切皆投其所好。

> **禁句例子**
> 乜佢咁㗎！我男朋友就唔學似你果個咁冇良心啦！

缺點透視

不恰當的誠實

假如你依照「禁句例子」來回答友人的話，那可以肯定的是，對方將會在你不知不覺中疏遠你。因為例句背後的含意是：「只怪你有眼無珠囉，識著個咁嘅衰人！」正所謂「講者無心，聽者有意」。當對方在心情煩躁之際，再聽到你語帶落井下石的「安慰説話」，豈不會有火上加油之理？

神回金句

對唔住呀X先生/小姐，我對酒精敏感，就算飲少少都會搞到成身起晒紅斑。

優點剖析

巧借身體不適避過難關

有不少銷售人員都向筆者表示，許多客戶都很難「服侍」：由於客戶自恃是公司的「大客仔」，於是便處處為難對方，而自己又為工作關係，於是便唯有硬著頭皮，順從客人的（無理）要求，其中又以要「陪酒」的情況最為常見。

當勉強陪客人豪情暢飲過後，又會為銷售人員帶來什麼問題呢？這就多了，諸如輕則身體不適、痾嘔大作，重則醉酒鬧事、酒精中毒、（女士）被別人侵犯、酒後駕駛更會釀成交通意外和人命傷亡……實在令人不堪設想。

不過，如果我們參照「神回金句」來應對客人的話，我們便可以巧借身體不適為理由，避過被灌醉的危險。當客人知道你拒絕喝酒的原因並非「唔俾面」之後，相信除了不會再勉強你之外，更會關切地問候你一番。最後，你當然要「以茶代酒」，以示歉意。

> ### 禁句例子
> 吓……飲酒呢瓣我唔掂㗎喎！X生/小姐你唔好玩我啦！

缺點透視

墮進萬劫不復之地

千萬不可用以上「禁例句子」去回應客人的要求！因為筆者可以肯定對方下一句便說：「阿細佬，邊有人一飲就識㗎！學吓飲先得㗎嘛！嗱，今次當俾面我，乾咗佢！」

請問：作為公司代表的你，你可以怎樣做？眼看生意只差一點便傾妥，相信你也不想白費之前種下的心機努力，結果，你的心裡只會說一句：「死就死啦！」然後冒死地乾杯……

如果客戶手下留情的話還好，最怕對方不懷好意，結果男的便酒後四處生事，女的更可能會遭辣手摧花，令人後悔莫及。

神回金句

唉！你估我好好景咩？我呢排都唔掂呀，事關屋企有人入咗醫院，要急住籌錢，我都想問你借呀！

優點剖析

愛兄弟還是愛黃金？

這是老掉牙的難題：中國人愛面子，總不懂得説不。不過，借錢則有別於借柴米油鹽，如果風險太大，即使對方與你是「老死」，也得仔細考慮。

要拒絕對方的要求，本來不難。只要以倔強的語氣、擠眉弄眼的表情厲聲説「不：」便行。可是，你又或者會想到對方始終是自己多年的朋友，加上「人有三衰六旺」，故多數人都會選擇以婉拒的方式來回應對方。

在「神回金句」中，你要讓對方知道你的家人有大手術要做。由於醫療費用是「無底深淵」，對方或會覺得你沒有找上門求助（借錢）已算走運，於是在同情心的驅使下，便不會再打你的主意，甚至當他的財政狀況比較寬鬆的時候，反過來會幫你一把，並為你臥病在床的家人送上一盤果籃呢！

禁句例子
借俾你？你有冇錢還㗎？一陣你走咗數咁點呀？

缺點透視

令朋友無地自容

在日常生活中，我們雖不時聽到「欠債不還錢」的故事，但我們亦不可「一竹篙打一船人」，誤以為所有「債仔」都是「光棍」一名——當錢到手後，便逃之夭夭。

其實，只要我們易地而處，便會知道要放下個人尊嚴，低聲下氣向朋友借錢，其實並不是一件怎樣光彩的事情。當明白以上的道理以後，你就可以知道「禁句例子」將給對方何種感覺——自己本來經已面目無光，還要遭閣下的白眼，更甚的是懷疑自己的誠信，簡直是「百般滋味在心頭」。

神回金句

打工仔有得幾多錢吁……夠食夠住㗎咋，都唔夠俾我買化妝品條數呀！

優點剖析

免被同事再追問下去

薪酬是一個很敏感的數字，有部分男性甚至會將它等同於「面子」，所以他們一般都不喜歡伴侶將自己的薪金洩露出去。

作為女友的你，亦好應遵守這項「不成文」的規則：如果男友的薪水低，他或者會遭看扁；如果男友的人工高的話，對方又可能會不高興；如果男友屬「打工皇帝」一族的話，你又要提防男友會遭綁架……

所以，為免得失朋友，你應將答案模糊化，例句的好處是可以將男友塑造成普通「打工仔」一名，杜絕對方的窮追猛打，而句末「都

唔夠俾我買化妝品條數呀！」更可順水推舟地將焦點轉到女性最喜愛的話題上。

禁句例子

唓！搵幾多關你咩事啫！

缺點透視

影響同事關係

人際關係博大精深之處，就是在拒絕別人的同時，仍能夠保持良好關係，但好像「禁句例子」中硬繃繃語氣的説話，卻似乎過火了一點。雖然友人份屬「八卦友」，但對方可能只是隨口一問，卻遇來你的猛烈抵抗，結果不但令朋友感到「面懵懵」之外，更會以為你和男友正陷分手的邊緣，才令你動不動便大發雷霆。

9 朋友聚會，玩至深宵誰人也沒有意思要走……

神回金句

唔好意思，我聽朝要返office開早會，走先喇咁多位！

優點剖析

避免成為最後付賬者

下班之後，三五知己到酒吧或卡拉ＯＫ飲酒作樂，通常會出現以下情況：

遣興期間，經常會有不太相熟的所謂朋友，在中途加入或退出，他們有些或猜拳「劈酒」，或飲酒「吹水」，當然期間亦會叫來不少未付賬的飲料和食物；

在酒精和香煙夾攻下，不少朋友可能已經酒醉不醒，有的借醉或借故一早離席而去，總之，現場只會剩下寥寥可數的幾個人。

結果，到最後結帳時，走的已經走了，醉的亦已醉到不能作正常反應，除非自己是已走了或已醉了的一份子，否則，侍應生遞上帳單時，自己會很難避免的成為犧牲者——要刷卡支付可能高達幾千元

的賬項，過後還很難追討。

因此，要避免成為慘劇中的主角，每逢這些場合，一定要把握時機，在早段或中段時間，放下自己應付的那一份酒錢，然後借故（通常是明早要開會）早走，那樣才可以明哲保身，長戰長有，不用被人「一Q清袋」！

禁句例子

咁……咁咪坐多陣囉……

缺點透視

心太軟

要做到縱橫Happy Hour，笑傲酒吧卡拉ＯＫ，一定要「心狠手辣」。心狠者，下定決心要早走，便不要回頭；手辣者，一手掏入口袋拿出自己應付的酒錢，放下便算，拿多了拿少了也不要計較，離開現場最要緊！如果不能謹守以上守則，在告訴大家自己要早走，經朋友（或靚女朋友）勸兩句下，便心軟下來再坐一會，到頭來，原來別的朋友比自己更快離開，心太軟的結果，可能換來再一次成為最後付賬的犧牲者。

專家錦囊

你不可不知的交友法則：

還記得當我們還處於小朋友的階段時，便期盼獲得同儕的認同，一旦友情出了問題，常常會不知所措，症狀輕微的，會心情鬱悶、看不下書、吃不下飯，症狀嚴重的甚至會想至極端，可見友誼自小便對我們非常重要。以下列出七項交友法則，為你塑造成為在友儕間最受歡迎的人：

惡友也需要朋友

你身邊一定存在一種人，叫「損友」或「惡友」。所謂「惡友」是天生比較以自我為中心，或脾氣太直太衝，或行為不檢點，吃飯不給錢……等。如果這就是你的「惡友」，在此我要奉勸你一句：「交朋友別要求太完美，否則你一輩子就交不到朋友了」。惡友也渴望朋友，只要你懂得觀察，就能看穿他的弱點、包容他的缺點，反而可以和他真心交往。

越孤僻的人，友情越堅貞

性格孤僻的人，個性內向不開朗，多半不多話，和他打交道很容易

遭對方冷淡以待,所以很少人懂得他的內心世界。其實這種人的忠貞程度才最高,你不用擔心被他出賣,也不用擔心你落難時,他會撤守不理你。只要跟孤僻的人交朋友,他是會將你的友誼一輩子銘記在心的。

別把朋友的秘密當八卦

美國人交朋友有不少準則,其中,交友第一準則是「為對方保密」。不管是誰都有秘密,如果朋友把你視為好友,信任你,才會將寶貝的「秘密」交給你。你知、我知,這是兩人之間的默契。如果你把秘密當八卦宣揚出去,這就犯了人際交往中的大忌,在別人的傷口灑鹽,十分不道德。而且一傳出去,你就絕對交不到朋友了,你要犯這個風險嗎?

糊塗是朋友間的潤滑劑

在與人接觸的過程中,難免產生不愉快,即使可以和對方「說清楚、講明白」,但事後可能會尷尬、會有疙瘩存在。鄭板橋有句名言「難得糊塗」,人生苦短,何必為了小事斤斤計較、耿耿於懷!即使別人有錯在先,糊塗一點,放他一馬,反而會令他感動。「大事精明、小事糊塗」,得理不饒人是不對的,有理也要禮讓三分。退一步,海闊天空。

不給人「面子」，就交不到朋友

如果你是一個懂體貼的人，那麼你一定懂得如何給人面子。也就是說，你會替對方所犯的錯誤找藉口、找台階下。一般人是很難正視自己的「錯誤」的，你又何必一定要求對方説「我錯了」！有時朋友間會為了一些小事吵翻天，或許你會覺得對方明明就錯了還狡辯，這時，不妨想想，或許他已經知道錯了，只是拉不下臉罷了。

不用凡事意見一致

好朋友一起吃飯、一起上學、一起玩樂，吃一樣的東西、買一樣的鉛筆盒，崇拜一樣的偶像、討厭同一個老師。久了之後，兩人越來越像連體嬰、雙胞胎。但是，兩個不同的人總會有意見不同的時候吧！這個時候，不用硬著去迎合對方，否則你會越來越沒個性，沒有了自己。如果是朋友，就應該要給對方一些「自由的空間」。

交友不強求

如果你已經試過了千方百計，想獲得某人的友誼，卻挫折連連，可能代表你們基本上就「八字不合」，上輩子是蒼蠅拍與蒼蠅的組合吧！你也不用太勉強了，就當個淡如水的點頭之交吧！別妄想和每個人成為至交，這是不切實際的想法。

朋友是值得一輩子珍惜的，請用真心「經營」，細細的品味上述七大法則，必能幫助你累積友誼的寶藏。

~Part 4~

煩惱時刻

一句話紓解鬱悶的心情

神回金句

老細，我宜家手頭上有X樣嘢（工作項目要詳列）要趕住做，我擔心自己一時間做唔到咁多嘢。如果要準時交貨嘅話，一係你睇下邊樣嘢可以遲一步處理？

優點剖析

讓精神得以放鬆

許多朋友都向筆者表示，上司經常都為自己帶來沉重的工作量。其實，當中最主要的原因，是他根本不清楚下屬的工作情況，時常都以為他們閒著沒事可做，於是便將一項又一項的工作交給你。換言之，如果你要改變上司這種想法的話，最有效的方法便是讓對方知道你在做什麼。

就好像在上述的「神回金句」中，你先如數家珍地列明自己的工作項目，再以人手緊絀和時間不足為理由，婉拒上司的要求。

倘若你的上司處事開明的話，他便必定會為你重新釐定工作項目的優先次序，間接令你的精神暫時得到舒緩。

禁句例子

（語帶猶豫地說）「哦……哦……知道啦老細……好啦，我盡趕啦咁……」

缺點透視

升職加薪事與願違

有心理學家指出，「不會拒絕」其實是一種疾病，背後原因是自己不夠自信，故想用「千依百順」來討好別人。當你把所有重擔都背上了以後，老闆心裡自然暗喜。可是，一旦當你承受不住，終於作出反抗的行為時，上司又會因為一時的不適應，而拒絕了你的合理要求。

雖然，你或會認為凡事只要順應上司的要求，對方便會將你所立的功勞銘記於心。可惜的是，那只是閣下一廂情願的想法：一味任勞任怨的結果，很可能是該加的薪水你一分錢都沒拿到，快到頭頂的升職機會轉個彎就走了，而你的工作量卻越來越大，做到老也只是個「資深員工」。

神回金句

你真係要我同你講大話？！

優點剖析

重申自己的立場

在工作中，下屬被迫為公司或老闆利益而撒謊的情況越來越多普遍。面對上司這些請求（許多時都只是命令）時，我們又該怎辦呢？

如果這些謊話僅限於拒絕接聽某個電話，又或者拒絕出席某個會議，那當然是無傷大雅。但如果發展到有悖法理，又或者要對公司的帳目「做手腳」的話，那我們就要作出慎重考慮了。

面對這種情況，你可以認真地再問對方：「你真係要我同你講大話？！」聰明的老闆聽到這種反應後，一定會重新考慮，提醒他你並非合適的人選。

禁句例子

有咩著數先？

缺點透視

令上司感到受威脅】

一句「有咩著數先？」，雖然會令上司稍感安心，因為自己似乎已找到同流合污的「好拍檔」，但隨即他又會想：以閣下見利忘義的性格，就算今日可以利誘你幹出不法的行為，但難保他朝你會當上「牆頭草」，以「污點證人」的身份出庭指證自己。

難逃被裁的厄運

除此之外，「禁句例子」亦犯了另一個職場的大忌——挑戰上級的權威。須知道大部分上司都「死要面」，如果你說這條禁句來衝擊對方的話，即使最終他沒有邀請你共同參與不法的行為，亦必會早日拔走你這枚眼中釘。

神回金句

X先生/小姐，我已經完成咗今日
嘅工作，請問仲有冇咩特別嘢要
幫手呢？如果冇嘅話，我想過多
陣就走嘞。

優點剖析

讓上司了解你的進度

許多上司不喜歡員工準時下班的最主要原因，往往是由於他們不知
道下屬的工作進度，於是他們會想：為何當其他人還在埋頭苦幹
時，你卻可以「早退」（儘管你是「準時」下班而非「提早」離開
崗位）？

當你掌握了上司這種心理後，只要你主動出擊，在準備下班前清楚
向他匯報你的工作進度，那麼你便不用再與上級玩這心理遊戲。當
時，要是你「實物」（例如已撰寫好的建議書）拿給上司翻閱，將
有助加深他的印象，並能得到他的評語。有這樣良好的工作態度，
絕對是贏取上司歡心的皇牌。

禁忌行為
理鬼佢咩！趁佢唔為意果陣，靜靜雞走好過啦！

為自己帶來無窮的煩惱

在面對「麻煩上司」時，許多人都會採用以上的「禁忌行為」來應對。

儘管你可以獲得一時之快，可惜，閣下這種行為在上司的眼中，其實是不負責任的表現，除了直接降低了對你的工作評分外，更間接影響你的升職機會。

另外，即使你以為自己可以在「神不知、鬼不覺」的情況下離開公司，誰不知上級卻以為你仍在公司以內，於是當對方遇到問題時（尤其如果你所呈交的報告或文件需再作更進時），便會致電給你，嚴重者更要你中途折返，換來你滿肚怨氣。既然心想要下班後玩得盡情，我們又何不在下班前將一切說清楚？

4 追求者
向你苦苦追求時⋯⋯

神回金句

我知你係一個好情人，但我估我冇咁好命，可以同你做情人。

優點剖析

為對方找下台階

喜歡一個人，最希望的當然是跟他在情路上開花結果，但最怕的是「神女有心，襄王無夢」。被別人拒絕無疑是件非常痛苦的事，但拒絕人的一方又何嘗好受過？除了可能會永遠失去那位朋友（甚至是知己）外，他日當大家再碰上時，亦可能會裝作視而不見。故此，很多人在面對不喜歡的追求者時，都會感到無奈。

可是，如果我們不跟對方說清楚的話，無疑是會令追求者滿懷希望，反會對他造成更大的傷害。故為了長遠之計起見，我們拒絕的態度要明確。

但要提醒各位的是，態度「明確」並不等於「強硬」。如何用婉轉

的態度，説出一語中的的説話，非常講求技巧。

在「神回金句」中，説話的一方在婉拒對方好意的同時，亦不忘體諒追求者的感受，並在言談間暗示自己不夠幸運，未能享受和他走在一起的福分，令對方的心情好過一點。

禁句例子
你唔信塊鏡都自己痾篤尿照吓自己個樣吖，你咩新鮮蘿蔔皮呀？想追我，慳啲啦！

缺點透視

趕狗入窮巷

沒有技巧地婉拒追求者的好意，只直截了當的當場拒絕，不但令對方下不了台，而且還要忍受你的白眼，做法不但令彼此此生無緣再見，更甚者被數落的一方會向你報復，來宣洩心中的怒憤（例如：僱用別人揍你一頓、在你家的外牆噴上紅油，甚至命人用腐蝕性液體傷害你……一切皆視乎對方被傷害程度的高低而略有不同），害得自己終日提心吊膽。

既然對方已被你拒絕，即正所謂被你「請食檸檬」，你又何不讓別人保留僅有的尊嚴？記住，雖然現實是殘酷的，但「一啖砂糖一啖屎」永遠比一點面字也不留較好。

5 當朋友樂此不疲地
追問你的性經驗時⋯⋯

神回金句

點解要講俾你聽呀？

優點剖析

讓別人知難而退

相信在閣下的朋友堆中，必定不乏諸事八卦者，他們最愛打聽別人的私事。一旦你被他們看上了以後，你可麻煩了。因為他們舉凡你的職業、收入、家庭、床笫活動，甚至是你的性經驗⋯⋯總之無論是你想到的，或是你不曾想過的問題，他們都會要求你毫無保留地向自己披露。

將生活上的瑣事，告訴這些「八卦友」亦無傷大雅，相反更可彼此分享心得，但如果對方提問的問題是涉及性經驗時，我們則絕對不應告訴他們，因為隨便向別人透露性經驗是會犯上「嘥完唱」之罪

名。所以，一句語帶強硬的「點解要講俾你聽呀？」絕對是趕絕這些不知廉恥的人的好方法。

┌─ **禁句例子**

我講你知都得，不過你唔好講俾人知㗎！

缺點透視

典型賤男人

將自己的性經驗和盤托出，在廣東話有一句說話倒形容得很貼切：「嫐完唱」，它的罪名比「嫐完鬆」更令人看不起，完全不尊重對方，簡直是賤男人中的典範。

將你的事蹟廣散開去

「八卦友」有一性格特徵：喜歡將別人的事當作「人情」一樣賣給別人。所以，就算你在事前千叮萬囑，著他們要保守秘密，但可以肯定的是，對方隨後必會將諾言忘記得一乾二淨，令你的秘密全面曝光。

神回金句

你除咗留意我嘅外表之外，也我右其他嘢值得你引以為榮咩？

優點剖析

為男友保留面子

不直接指出男友急色，避免他感到尷尬，令餘下的對話，雙方均站在對等的地位上，讓討論得以延續。

引導男友

女友對男友的態度只是提醒，而非大發脾氣。耐心地指出男女間相處，外貌的美醜並不是最重要的地方，讓他明白自己的感受，並明白到要自己有待改善的地方。

> ## 禁句例子
>
> ## 你成日都淨係識留意我身材，你試吓再係咁吖！

缺乏正確的引導

雖然女方已提出警告，但對方通常都會覺得，這句説話只是純屬開玩笑的性質，根本不存在半點恐嚇性。加上女方在説話時，只是發出警告訊號，而缺乏正確的引導，令男友無從改善，或男方根本不知道自己的行為會令女友不快。

7 當客戶給你
送贈貴重禮物時……

神回金句

呢份禮物好靚喎，但我諗我冇咁嘅資格收。況且公司政策係唔俾我哋咁做，你都係留返俾你老婆啦，我相信佢帶咗會好好睇，你嘅好意我心領啦！

優點剖析

婉拒好意

貴重禮物與普通禮物兩者相比，除了價錢不同之外，背後意義也各異。任何朋友致送的普通禮物，都可以照單全收，因為都是致送者的一份小小心意，但貴重禮物，即是動輒萬元以上的名錶或珠寶首飾，背後卻有重大意義，收禮者接受了之後，可能意味著他或她接受了送禮者的情意，甚至代表收禮者，願意成為送禮者的情婦或情夫。因此，若果送禮者不是心中所愛的人，這些貴重禮物一定要婉轉地拒絕，半點含糊不得，否則將會有嚴重後果。

避免成為「第三者」

為了讓對方感覺好受些，你可以用公司政策來作「擋箭牌」，説此
乃公司不容許的事情，並隨即將話題帶到對方的配偶上，用以提醒
對方不要見異思遷，成為拆散別人家庭幸福的「狐狸精」。為了令
對方感覺好受些，你可以在句末表示對方的好意自己心領，為對方
提供下台階。

禁句例子

唔得！呢份禮物我點都唔會收㗎嘞！

缺點透視

沒下台階

沒有技巧地婉拒送禮者的好意，只直截了當的當場拒絕，可能令致
送者下不了台，強要對方把禮物收下，結果釀成你推我讓的尷尬場
面。

專家錦囊

消除煩惱的萬靈公式

你想得到一個迅速有效地消除煩惱的訣竅嗎？那麼，讓我告訴你，威利•卡瑞爾發明的訣竅。

威利·卡瑞爾的故事

「年輕的時候，」卡瑞爾先生說，「我在紐約州的水牛鋼鐵公司做事時，需要到密蘇里州的匹茨堡玻璃公司去安裝一架瓦斯清潔機。目的是要清除瓦斯裡的雜質，使瓦斯燃燒時不致於傷到引擎。這種清潔瓦斯的方法是新的，過去也曾試驗過。可是在密蘇里州安裝的時候，遇到了許多事先沒有料到的困難。經過一番努力，機器勉強可以使用了，然而，遠遠沒有達到我們保證的質量。我對自己的失敗感到十分懊惱，好像有人在我頭上重重地打了一拳。我的胃和整個肚子都扭痛起來，煩惱得簡直無法入睡。後來，我意識到煩惱不能解決問題。於是，我想出了一個不用煩惱解決問題的方法，結果效果顯著。」這個消除煩惱的方法，任何人都可以使用，非常簡單，可以分三個步驟：

「第一,不要驚慌失措,冷靜地分析整個情況,找出萬一失敗的話,可能發生的最壞情況是什麼——沒有人會把我關起來,或者把我槍斃,這一點我有把握。充其量不過丟掉差事,也可能老闆會把整個機器拆掉,使投下的兩萬塊錢泡湯。

「第二,找出可能發生的最壞情況後,就讓自己能夠接受它。我對自己說,我也許會因此丟掉差事,那我可以另找一份差事;至於我的老闆,他們也知道這是一種新方法的試驗,可以把兩萬塊錢算在研究費用上。

「第三,有了能夠接受最壞的情況的思想準備後,就平靜地把時間和精力用來試著改善那種最壞的情況。

「我做了幾次試驗,終於發現,如果再多花5,000塊錢,加裝一些設備,問題就可以解決了。我們照這樣做了,結果公司不但沒有損失兩萬塊錢,反而賺了15,000元。」

「如果我當時一直煩惱下去,」卡瑞爾先生最後說,「恐怕就不可能做到這一點了。唯有強迫自己面對最壞的情況,在精神上先接受了它以後,才會使我們處在一個可以集中精力解決問題的地位上。」

艾爾・漢里的故事

你也許覺得這件事未免有些偶然性吧？那麼，請你再聽聽艾爾・漢里的故事。

他住在麻省曼徹斯特市溫吉梅爾大街五十二號。

這個故事是1948年11月17日，艾爾・漢里在波士頓史蒂拉大飯店裡說出來的。

「一九二幾年吧，」他說，「因為常常煩惱，我得了胃潰瘍。有一天晚上，我的胃出血了，被送進芝加哥西北大學醫學院的附屬醫院。我的體重從175磅銳減到90磅；只能每小時吃一湯匙半流質的東西；每天早上和晚上，都要由護士把橡皮管插進我的胃裡，把裡面的東西洗出來。醫生坦率地告訴我已經無藥可救了。」

「這樣過了幾個月。最後，我對自己說漢里，如果你除了等死以外再也沒有別的指望了，還不如好好利用一下剩餘的時間呢。你不是一直想環遊世界嗎？只有現在去做了。」

「當我把這個想法告訴醫生時，他吃驚得以為我瘋了，他警告我說，如果我環遊世界，就只有葬身大海了。我說：不會的。我已經告訴了親友，我要葬在尼布雷斯卡州老家的墓園裡，我打算把棺材隨身帶著。」

「我真的買了一具棺材，和輪船公司講好，萬一我死了，就把我的屍體放進冷凍艙裡。」

「我從洛杉磯上了亞當斯總統號船，開始向東方航行了。真奇怪，我居然覺得好多了！漸漸地不再吃藥和洗胃；不久之後，任何東西都能吃了；甚至於可以抽長長的黑雪茄，喝幾杯酒，多年來沒有這樣享受過了。」

「我在船上和人們玩遊戲、唱歌、交新朋友，晚上聊到半夜。我感到非常舒服，充滿了歡樂。回到美國之後，我的體重增加了90磅，幾乎完全忘記了以前的煩惱和病痛。我好像一生中從來沒有這樣開懷過。」

這就是艾爾·漢里的故事。他告訴我，他發現自己在下意識裡應用了威利.卡瑞爾征服憂慮的訣竅。

應對煩惱的三項原則

首先，他問自己，可能發生的最壞情況是什麼？答案是：死亡。
第二，他讓自己接受死亡。
第三，想辦法改善這種情況。
他最後對我講的體會是：「如果上船之後繼續憂慮下去，毫無疑問，我只會躺在棺材裡完成這次旅行了。」

所以，如果你有了煩惱，你應該用威利•卡瑞爾的萬靈公式，按照以下三點去做：

一、問你自己，可能發生的最壞情況是什麼？
二、接受這個最壞的情況。
三、鎮定地想辦法改善最壞的情況。

~Part 5~

憤怒時刻

一句話撲熄彼此的怒火

1 在街上遇到形跡可疑的人 問你「借錢過海」……

神回金句

不如我陪你去搵警察，話晒有差人陪你返屋企都安全啲吖！

優點剖析

做法一舉數得

根據警方的資料顯示，通常這類「呃錢黨」會喬裝成迷路人、可憐的公公婆婆，又或者遇有急事的內地遊客……不論他們以何種扮相出現，他們的最終目的只有一個：問你借錢。

遇到以上的情況，許多人都只會「一竹篙打一船人」，即是在他們尚未弄清對方的來歷前，便破聲大罵或拂袖而去。雖然這些做法，的確可讓自己免受金錢上的損失，但這樣對身陷「孤立無援」之境的人（先假設對方是真正有需要），又或者對遏止罪案的發生是絕無幫助的（因為你只是避免自己受騙——假如對方真的對心懷不軌），相反，只會令人覺得香港人「各家自掃門前雪」。

相反，你應提議將對方轉介給警察，如果對方對做法沒反對的話，那很大程度上表示他並不是騙徒；相反，如果對方不欲「小事化大」的話，他必定會知難而退，那你就要趕快報警，亦協助警方將壞人繩之於法，做法實在是一舉數得。

禁句例子

借錢俾你？你傻㗎？！

缺點透視

各家自掃門前雪

「禁句例子」正是一般人對「騙徒」的常用應對說話。其實，基於個人「防衛心理」的影響下，許多人往往會在尚未認真對方的底蘊前，便邊走邊罵。這樣做不但有失風度，更嚴重的是，假如自己的小朋友看到家長這種「身教」的話，恐怕他們便會有樣學樣，令整個社會多了一分戾氣，少了一分祥和與包容。

神回金句

如果你覺得同對方好夾，要拍拖我都唔阻止你。不過你要識得分配時間同情感問題，同埋俾自己有足夠時間溫書先好喎！

優點剖析

不可扭曲觀念

今日的孩子漸趨早熟，他們在高小階段已開始拍拖亦不足為奇。因此，作為大哥哥或大姐姐的你，應盡早向他們灌輸正確的男女觀念，這樣做百利而無一害。

開明大方

在我們向弟妹談論男女關係時，態度亦應該保持開明和大方，這樣孩子才願意和你分享。相反，如果你一聽見這個話題時，便「顧左右而言他」的話，孩子便再也不會主動向你傾訴。待「生米煮成熟飯」的話，那時欲哭無淚了。

禁句例子

吓？你腦筍都未生埋，學咩人拍拖呀？你再敢同佢喺埋一齊嘅話，我就打死你！

缺點透視

說法害人不淺

以上「禁句例子」最危險的地方，是會引發三個（或更多）的可能性：

首先是激發了孩子的反叛情緒。即是當你越要他們就範的時候，他們就越要和你鬥氣，嚴重者甚至會離家出走，一去不復返。

第二個可能性是你的惡形惡相嚇怕了孩子，令他們不敢走近你身邊。即使他們以後有心事，亦只會有苦自己知。

第三個可能性是孩子自覺令身邊的人感到非常失望，不但害得家人顏面無存，日後當遇見鄰居時亦要避之則吉，舉家面目無光，實在有違祖訓，倒不如一死了之，結果令他們走上絕路。

切記，千萬不要以為筆者在開玩笑！小朋友的想法和舉動，從來都是不易被成人理解。若不是的話，香港每年又怎會有這麼多樁學童自殺案？

神回金句

（平靜、肯定的語氣）唔使多講喇！我哋走喇！

優點剖析

不讓孩子死纏爛打

要拒絕弟妹提出的不合理求時，你必須用心平氣和、肯定的語氣拒絕，然後馬上離開現場，令孩子沒有「發爛渣」的機會。就算孩子哭得死去活來，亦要盡力保持冷靜，堅持自己的立場，不為他們的喊聲所動。

記住，千萬不要嘗試用武力控制局面，雖然你或會令弟妹即時收聲，但他心裡已經知道，你是因無力控制這種局面，才迫不得已用這「殺著」，因此，以後他會用類似手法，再挑戰你的權威。

禁句例子

你大聲喊都冇用，話咗唔買就唔買，你再扭計返到屋就知味道！

缺點透視

催淚禁語

一喊二鬧博同情，是孩子爭取話事權常用的手段之一。有時候，孩子哭哭鬧鬧的目的，是要讓大人感到羞恥而向他屈服，答應他的要求。但不管如何，以武力鎮壓局面，孩子可能會哭得更厲害，亦防止不了類似情況再度發生。

神回金句

你聽歌咁太大，我覺得好煩，我想靜靜地做下嘢。

優點剖析

態度要友善

平靜地說出你的感受，不給弟妹發難的機會，然後友善地說出你的建議，例如「唔該你盡量用耳筒」、「我唔響屋企時先扭大聲啲，但唔可以影響到鄰居」等等，讓他知道你的底線在哪裡。

如果弟妹愛聽音樂，偏不愛聽你的說話，就平靜地告訴他：「原本音響係用嚟提高生活質素，但係你用嘅方法就妨礙到他人，你再唔改，就表示你未有資格用音響，我會拎走佢。」，以收威嚇對方之用。

禁句例子

你再開到咁大聲，我就掟爛佢！

缺點透視

拉遠雙方的距離

如果你為了聲浪問題和弟妹理論，雙方甚至爭執過不知多少次的話，可能你心裡已覺得他是故意和你作對，他在挑戰你的權威，你再説出恐嚇他的話，只會進一步激發他的反叛情緒，伺機反擊。

其實，弟妹的大吵大鬧，原因是他們希望用這方法要你屈服，你心裡明白，決定以其人之道，還治其人之身，雙方對峙不下，又再次捲入無止境的權力鬥爭中。

再者，當他發現你常用拋棄來威嚇他時，他會不再信任你。他朝遇到困難，也不會和你傾吐，最後你會發現，越來越不明白他們在想什麼。

神回金句

咦，你記唔記得上次你俾人取笑嘅時候有咩感受？唔想令人哋唔開心，你就唔好去笑人哋啦，知唔知？

優點剖析

培養推己及人的精神

相信任何人也曾試過被人取笑，這種互相取笑的行為，其實都是我們生命中的一部分。

叫弟妹憶述被人取笑的經歷，讓他們憶述當中的情節，及回憶自己被人取笑時的滋味，都是讓他們停止取笑別人、學習推己及人的最好方法，比「喊打喊殺」，又或者一味說教等做法更見成效。

為了進一步防止弟妹再次製造麻煩，令你當眾出醜，你可以建議下次當他看到什麼新奇有趣的事情時，輕輕的在你耳邊告訴你，那就包保萬無一失啦！

禁句例子

收聲！你咁曳返到屋就知味道！

缺點透視

缺乏阻嚇作用

有時候，我們會為了避免在公眾場合和弟妹口角，會押後處罰小朋友的時間。但根據許多心理學家的研究報告顯示，即時的懲罰對阻止負面行為往往是對最有效的。因為當時間一過，我們的怒氣經已消減了一半，但為了要履行剛才的承諾，於是便隨便的斥責孩子一下便算，而孩子亦可能已忘了自己因什麼事被罰，令阻嚇起不了作用。

神回金句

（先在見到男友前，塗點胭脂在鼻上，假裝一臉病容）「對唔住呀要你等咁耐，我今日起身嘅時候覺得有少少唔舒服，所以咪走左去睇醫生囉！

優點剖析

假裝染病博取同情心

雖然男士們對女性通常都會力保「gentlemen形象」，但不要以為男人等女人是理所當然的事情，因為你的遲到惡習隨時會成為雙方分手的導火線——尤其當你在約會遲到的紀錄經常維持以每小時作量度單位，兼且男方又是個「有早冇遲」和性格火爆的人。

假如你因貪睡之故，又再「遲大到」的話，又該怎辦呢？在這個時候，再多的道歉似乎已未能令男方聽進耳裡，那你就得加些演技了。

建議先假裝一臉病容，而為了加強說服力和戲劇效果，你可以在臉上再塗點胭脂，再滴數滴眼藥水刺激眼部，讓淚水直標（當然，用「白花油」代替亦可，它甚至可以清楚顯示你的病況）。

當男友直視你的雙眼準備審問你的時候,他又必然會察覺到你的異樣,於是你便可以再「乾咳」兩聲和假裝「索鼻」,哭著說自己因為要看醫生才遲到,壓抑對方的憤怒情緒。

而為了讓對方重現歡顏,你可以在到步前致電去某所富情調的餐廳訂位,給對方一個驚喜,當然,賬單少不免要由你來結帳,當男方見你如此細心,又哪敢再怪罪於你?

禁句例子

遲咪遲囉,等果一兩粒鐘都好平常啫!

缺點透視

造成分手的導火線

正如剛才提到,你遲到的惡習隨時會成為分手的理由,倘若再加上上述「禁句例子」中富挑釁性的說話,可想而知那必會讓男友覺得你「冥頑不靈」,並二話不說送你一記耳光,令彼此的關係墮入谷底。

神回金句

咦？你近來工作如何？我呢排好忙呀，宜家晚晚都要帶嘢返屋企做。

優點剖析

向友人發出暗示

相信很多人都有這種經驗：面對堆積如山的工作，下班後不得不將剩餘的工作帶回家中。當你安坐在電腦面前埋頭苦幹之際，誰不知這時某位不識趣的網友卻死纏著你不放，彷彿要和你剪燭夜談才肯罷休。

本以為三言兩語便可結束的談話，奈何對方卻彷彿越講越起勁。在這個憤怒時候，倘若自己開口說要下線工作，又好像有點不近人情，但面對的工作卻又等待著你去處理……如何是好？

其實，只要在你效法「神回金句」便可以。「你近來工作如何？我呢排好忙呀，而家晚晚都要帶嘢返屋企做。」説法完全沒有唐突的感覺，卻可以讓對方知道你要靜心工作，於是網友自會回答：「哦，見你咁忙，我都係唔阻你啦，拜拜！」這樣自然又成功過關啦！

禁句例子

唔講喇，好多嘢做呀，下次再傾過啦！

缺點透視

令對方感覺難堪

在「禁句例子」中，雖然你實話實説，但對方聽在耳裡，卻是你嫌棄他「長氣」，害得自己要通宵捱夜，令網友心裡不好受，間接損害了彼此的情誼。

神回金句

（用手肘以不輕不重的力度撞向對方）「唔好意思，正話打開手袋嘅時候唔覺意整到你，邊個叫你對手伸咁過嘅！

優點剖析

讓對方有所警惕

如果經常地鐵的朋友，相信都曾經有過被鄰座乘客剝奪權利的遭遇，例子比比皆是，好像：被「二郎腳」所阻，令人無法寸進；一對本是相識的朋友，卻分別坐在兩旁，左右夾擊地為自己播放環迴立體聲；鄰座乘客使出一招「大鵬展翅」翻閱報紙，讓未吃早餐的你飽以老拳……

通常，對於這些妄顧他人利益的乘客，禮貌的勸說已不管用，於是建議你用「神回金句」來應對，好處是可以讓對方知道你並不好欺負，說話強硬卻又不帶恐嚇性，並可以讓對方有所警惕，令你的旅程變得愉快。

禁句例子

嘩，呢位你霸晒呀？你買晒成㗎地鐵吖笨！

缺點透視

則口角繼而動武

「禁句例子」最不要得的地方，是毫無保留地指斥別人的錯誤行為，加上富挑釁性的譏諷說話，令當事人就算自知理虧，準備向你道歉之際，亦會看在你那副傲慢的尊容的份上，及要竭力維護自己「面子」的關係，與你抗衡到底。初則口角，繼而動武。

雖然你那種無私的奉獻精神——為乘客播放最扣人心弦的「真人show」，加上全程免收入場費兼自備湯藥——能夠博取眾人的圍觀，但換來的卻只是「賠了夫人又折兵」。

專家錦囊

管理憤怒的情緒

現時，「憤怒管理（anger management）」在世界普遍的心理健康議題，開班授課者眾，原因相信是由於「憤怒」大概是現代人最不擅處理的一種情緒，偏偏我們的生活裡，每天都可能遇到挫折、受傷、不如意、失望、困擾、威脅等各種情況，使我們不知不覺就心煩氣躁，肚子裡一把無名火，直直要往上冒。

有專家指出，面對憤怒，處理方式可分兩個層次，一是以情緒為焦點，這包括把怒氣發洩出來、壓抑下來或乾脆逃避；另一類則是以問題為焦點，也就是，分辨引發憤怒情緒的根源為何，再針對癥結，設法解決。而根據美國精神醫學會（American Psychological As-sociation）的指引，憤怒管理，目的就在減少怒氣引發的情緒和生理激動，避免我們因而反應失控，如此才能理性、平和地，進一步去根本解決造成我們憤怒的問題。

處理憤怒情緒的五個方法

當我們自覺憤怒的情緒已有失控傾向時，有些技巧可以幫助我們冷靜下來：

第一，放鬆身心。「放鬆」相信是專家最常建議的方法之一，例如，深呼吸（但要用腹部呼吸，而不是以肺部呼吸），同時緩慢地複誦一些平靜的字眼如「放輕鬆」、「慢慢來」，還可想像一些平靜的畫面，如果會瑜伽，做點瑜伽的動作也有助使人平靜。

第二，改變認知。改變認知也就是改變想法。憤怒的人常直覺地以謾罵、詛咒或情緒性字眼來反映其內心，但須注意，生氣的時候，我們的想法不免被誇大，所以「一切都完了」、「我再也不要見到你」這種宣洩，固可逞一時之快，卻會把情況弄得更僵，甚至讓我們合理化自己憤怒的情緒，一點都無助於解決問題。所以，每當憤怒難抑時，記得用理性思考。沒錯，問題發生了，事情搞砸了，但且慢呼天搶地、罵東怪西，不妨告訴自己：「情況確實讓人挫折，我會沮喪也是必然的，但這並非世界末日，生氣也於事無補。」再來想怎麼改變現狀才實際。

第三，善用幽默感。如果你已經氣昏頭了，即將口不擇言，不妨試用幽默的態度面對。不過，須注意的是，幽默處理情緒，並不等於對問題「一笑置之」；幽默是為幫助我們緩和情緒，更建設性地面對問題，而非漠視它。而幽默也不同於刻薄、譏諷，千萬別以為冷言冷

語、耍嘴皮是幽默，這只會讓你不健康地發洩怒氣，使情況更糟。

第四，改變環境。有時，劍拔弩張的態勢，讓人氣憤不覺就上來，如果發生衝突的對象也無法克制時，憤怒只會愈積愈大，終至如火山爆發；所以，暫時離開現場，例如中斷會議，休息15分鐘，或藉口上廁所，冷靜一下，都有助使怒氣平息。此外，有些事在不同的時間發生，讓人生氣的機率會減少。例如，有些夫婦睡前溝通事情，總是容易吵架，因為，累了一天，兩人都想休息，此時意見不合，特別易動氣，所以不妨改在其他時間談事情，或許就會較有耐性，不致動輒生氣。

第五，避開讓人煩心的事。這也是減少生氣的好方法。例如，很多父母親為了小孩房間太亂，總是心煩氣躁，但為了這種小事，硬要小孩改變，搞得雙方都不高興，是否真的必要？家長不妨把房門關起來，眼不見為淨就是了。值得注意的是，許多憤怒情緒都導因於明確的問題，此時，解決問題，才能避免情緒一再被引爆。但須注意，許多人都有迷思，以為任何問題都有解決之道，實則不然，如果我們一味想找出解方，最後可能變得更挫折、更生氣，所以焦點應放在如何面對、處理問題，才是健康的態度。

在現實生活中，很多人覺得老闆有偏見，考績給得不公平，實際上可能真是如此，而更努力表現、加強溝通，或許可讓上司改觀，但也可能毫無作用；此時，與其鑽牛角尖，一直探究「他為何對我不

公平」，設法改變，不如另覓適合的工作。然而，原則上，良好溝通，還是有助減少怒氣的。當我們被批評、攻擊、挑戰時，總不免想自我防護，但此時別急著反擊，以免情緒升溫，不妨仔細聆聽對方，或許他的意見確是事實，也可能他的挑釁只為引起注意，實際上他不滿的另有有其事，只是不願明說，充分的溝通有助找出問題，共謀解決之道。

Part 6

浪漫時刻

一句話讓良好氣氛升溫

1 男友和你在家做愛時，才記得自己底褲發黃……

神回金句

（溫柔地説）「『光殘殘』叫人地點做喎……不如將燈光教暗佢，唔係我驚投入唔到呀！」

優點剖析

增添性趣

其實，男女雙方在性愛方面是否得到滿足，很大程度上是取決於彼此在過程中是否協調和投入。當然，性學專家亦告訴我們，行房時的環境對性愛的質素起催化的作用。於是，當女方説：「不如將將燈光教暗啲吖，唔係我驚我投入唔到呀！」，男方肯定會被女方的細心大受感動而匆匆將燈光調暗（當然，對於這將到口的「獵物」的小小要求，男方又怎會不從？），令女方有足夠時間將底褲脱掉，由「發黃底褲」可能引起的尷尬，就自然一掃而空啦！

{ 禁句例子

哎呀，唔記得自己條底褲污糟咗喇！

缺點透視

令男方性慾頓失

有謂：「佛靠金裝，人靠衣裝」。

雖然人的外表很重要，但內衣褲的選擇亦不可以粗心大意。可是，很多人卻忽略了這一點，他們往往只著眼於內衣褲的價錢是否昂貴、剪裁是否合身、款式是否新穎……其實，衣物的潔淨程度才是重點。

試想想：當你要求自己的伴侶穿上一身性感的內衣時，自己著的卻是又黃又舊，情況不但極之失禮，更不禁令對方以為自己的身體有任何問題，令男伴望而生畏，性慾頓消。

神回金句

不如我哋今晚去XX餐廳吖，嗰
度燈光柔和啲，又有情調

優點剖析

轉移對方的視線

發現臉上長了惱人的暗瘡，往往會令一眾女士（特別是少女）驚惶
失措，尤其如果當對方是新相識的男朋友，驚嚇指數又將會倍增。

假如你遭遇到上述情況的話，你可以參考「神回金句」來解困：
借助餐廳中柔和的燈光，來暫時分散男方對痘痘的注意力——從
男性的角度來看，朦朧的東西永遠是最美的。當然，去哪一間餐
廳則要視乎男方的經濟基礎而定，否則對方只會覺得你是「專釣
金龜」之輩。

讓男方感覺備受尊重

主動提議去別間富情調的餐廳,可以令男方知道彼此都在用心談這場戀愛。要讓這段感情早日開花結果,乃遲早之事。

> ### 禁句例子
> **真係煩死,我都係唔同你去街啦!你自己安排節目啦!**

缺點透視

盡顯「大小姐」本色

男女雙方在戀愛初期,由於尚未有堅實的感情基礎,故彼此容易被小事所牽動,成為「驚弓之鳥」。當男方在前一刻還是醉躺在你的迷人嬌嗔,這一刻卻在不知就裡的情況下,突然聽到你一句:「真係煩死,我都係唔同你出去啦!」必定會令男方無所適從,心裡忐忑不安,甚至會以為自己在哪裡開罪了你,令男友白吃苦頭。

3 女友滿心歡喜地為你下廚後，卻發現食物的味道太鹹⋯⋯

神回金句

味道好濃呀——有個咁好嘅女朋友煮嘢俾我食，直情甜到漏啦！不過如果味道再淡少少，就更好味嘞！

優點剖析

引導對方走向正軌

女友下廚了大半天後，滿心歡喜地將美食讓你品嘗，奈何味道卻太鹹，你會如何安撫她？

這又是一個「兩難」的處境：一方面，女朋友勞苦功高，如果一味「彈」對方的話，必會惹來對方的反感，甚至會背上「負心人」的罪名；另一方面，菜式的味道實在是太鹹，若一味稱讚對方的廚藝高超的話，那形同「好心做壞事」，如何是好？

其實，你可以用一招「先抑後揚」來解決問題。先讚美對方性格溫柔，再將「味道太鹹」的訊息傳達給對方。由於有前一句的讚美作

基礎，於是便淡化了說話的傷害力——畢竟，世上沒有太多人能抵受得到赤裸裸的批評。

禁句例子

都叫咗你唔好煮㗎啦！

缺點透視

令女友的自信心受損

許多男性都不太明白，為什麼女孩子總愛下廚弄菜？日常工作已經非常忙得不可開交，幹嗎在下班之後還要下廚，害得自己一頭都是油煙？可是，當男方提出以上的見解時，女方通常都會顯然不大高興，此話何解？

從女性的角度而言，為心上人下廚，其實是「愛」的一種表現。

如果當男友在吃過女友的「愛心小菜」後，說出類似「禁句例子」的話，那就未免有點不近人情了。因為那除了向對方表示自己不太欣賞這種行徑外，更要令他的腸胃受苦，女友不高興自是正常。

話說回來，今日許多時代女性都沒有下廚弄菜的習慣。倘若閣下的女友肯放棄購物的機會，來親自為你下廚，已值得謝天謝地了，又何苦強求太多呢？讓對方慢慢學，始終會有成功的一天。

神回金句

唔好啦Honey，我呢幾日生咗粒大痄滋呀，你咁樣會痛死我㗎！

優點剖析

施妙計成功避開尷尬場面

如果你的男友有口臭問題，卻又偏要和你接吻的話，相信那絕對是一件令人感到非常頭痛的事情。

假如你向男友直言的話，少不免會傷了他的自尊心，輕則影響雙方的心情，重則破壞彼此的關係。

如何是好？倘若男友的口臭問題，只屬暫時性質的話（即對方在進食榴槤、大蒜或臭豆腐後，口內仍殘留著的「餘香」），那問題倒不大，你可以「生痄滋」，不方便接吻為由，拒絕男方的要求；又或者你可以購買一隻強勁薄荷味的喉糖，並威迫男友和你一同分享。

不過，如果男友的口臭問題，屬於長期性的話（即由腸胃欠妥，又或者蛀牙等問題引發出來的口臭問題），那你只好拋磚引玉，先假意要在他陪同下看牙醫，然後邀請他一起檢查牙齒，修補牙洞。

禁句例子

嘩！乜你個口咁臭嘅？你食咗屎呀？

缺點透視

釀成吵架局面

一旦你向男友講了以上的「禁例句子」的話，將有兩個可能性發生：對於性格軟弱的男性而言，你這樣説不但完全顯示你粗魯的性格，更讓男友無地自容，害得他連説話都不敢；如果你的男友性格剛烈，你倆將勢必弄成吵架的局面，甚至會不歡而散。

神回金句

你唔肯戴套，咁我要考慮吓喎。呢款避孕套我搵咗好耐㗎啦，一直都想搵人試。如果你唔肯試，咁我咪另外搵人試囉！

優點剖析

抓住男人怕「戴綠帽」的心理

據不少女士向筆者表示，許多男士在進行性行為時，都不喜歡戴安全套。即使男方在事前怎樣説到天花龍鳳，到最後他們還是會有著種種的藉口來逃避責任。

其實，在這樣沒有防備的情況下進行魚水之歡，對雙方均沒有好處。因為有時候，和伴侶進行「最赤裸的接觸」（沒有使用安全套）未必是件好事，起碼會增加感染性病的機會。

建議各位女士們可以參考以上的「神回金句」，抓住男人害怕「戴綠帽」的心理，迫使對方就範。由於男方仍處於亢奮的狀態，故必

定會唯命是從，乖乖就範。

切記！若不想一夜歡愉，變成懷胎十月的煩惱，又或者惹來「性病疑雲」的話，建議各位女士在與男伴進行親密行為前，還是叫男方配戴安全套較好。

禁句例子

乜你咁快就想做爸爸噃？

缺點透視

將男性統統嚇跑

「避孕套」之所以叫「避孕套」的原因，是讓男女在情到濃時，能夠享受一夜間的溫柔，而完事後又不留任何「手尾」要跟（即「懷孕」）。

但是，如果你用上述「禁句例子」來唬嚇男伴，要他們就範的話，恐怕你將會很成功——地讓對方性慾盡失，因為準備和你交歡的對手，未必有做爸爸的心理準備，結果他們便會急急穿上衣服、匆匆就走。

不過，又有另一種情況：假如對方乃痴情漢一名，早就想與你結婚生子，三年抱兩的話，那你的「恐嚇」就正合其心意，令對方可以名正言順地拋開避孕套和你交歡，害得你早日要披上嫁衣。

━━ 神回金句

唔幫你幫邊個？

優點剖析

抓住提問者的心理

對於男人來說，這個問題雖涉及兩位對自己十分重要的女性：媽媽和女友，但由於提問的只是女友，加上母親又不在場，就算女友知道答案後，亦不會轉告「未來岳母」，所以你只需要回答一個能夠令提問的人感到滿意的答案便可以了——就算該答案非理性，甚至有違倫常也不要緊，只要能夠討令女友歡心，讓對方感到她在男友心中擁有最高位置便可以了。

禁句例子

梗係幫阿媽啦，嗰個係我阿媽嗰喎！佢年紀咁大，你都好應該讓吓佢啦！

缺點透視

處事過分認真

正如之前提到，男女相處有時需要以互哄的形式相處。

所以，如果你在是次的情境中，用以上「禁句例子」來回應女友的話，對方一定會大感不悅，並一定會覺得你毫無情趣可言。

記得筆者有位朋友，亦是依照這條「禁句」來回答女友，誰知女友先對該名朋友說：「咁你當吖吓我開心得唔得嘅唧？」。由於朋友不大善於辭令，故無論怎樣解釋（即俗稱「兜」）女友也不滿意，最後她更說：「好吖，你咁鍾意你阿媽，咁我唔過你門啦，你娶佢做你老婆啦！」，害得這位「準新郎哥」手足無措。

縱橫情場必殺技

男孩子想受女孩子歡迎，以下幾點一定要留意：

1. 處處表現風度

男孩子一定要有 Gentleman 風度，風度是一個人細心的表現。對對方照顧周到，關懷備至是男孩子應該做的，這不是刻意討好，而是基本禮儀。一個人有風度的話，其實正表示他懂得關心別人，有禮貌和有修養。

2. 要有男子氣概

真正的男人是要保護女性，不要怕事，要有勇氣去承擔後果，有主見和責任感，可以保護身邊的女孩子，予人有安全感，這才是男子氣概的表現。

3. 忌多言，炫耀

最怕男人老狗口水多不斷炫耀自己有多威風多富有，認識很多有地

位的人。這種男人一看便知只有一張咀,信不過,又嚕囌,正常的好女孩都會怕了你!

4. 散發吸引力

男孩子不一定要俊朗才有女孩子垂青,反而一個有型有格的男子,比一個樣靚但土氣的男孩子更有吸引力。所說的有型有格不是一定要緊貼潮流,打扮入時,而是他的打扮衣著配合他本身的外型及性格,這樣便能散發出他的型格來,自然能夠吸引喜歡他那類型的女孩子了!

5. 流露上進心

男孩子讀書成績差並不是什麼問題,反而有沒有上進心,會不會為自己的前途鋪路,才是女孩子最關心的。女孩子最怕是有一個沒有責任心,一點也不可靠的男朋友。

6. 不要打女人

任何男性出手打女人都是最差勁的行為。就算女朋友做錯事,最多與對方理論,動手打人是不可原諒的,反而是最失敗的男人。

想成為一個人見人愛的女仔，妳要切忌下面十點：

1. 忌粗魯

豪爽與粗魯是不同的，不要以為翹腳、叉腰、走路跨大步、分開兩腿坐就是為人爽直的表現。爽朗是內在性格的表現，不斤斤計較、不拘於小事、不亂發脾氣、大方兼有量度，這才是真正的爽朗。

2. 忌無理取鬧

男孩最怕就是女孩太小器，小小事就鬧個不停。例如男方在街上四處張望，女方就罵他張望其他女孩；又例如男方沒有空在約定時間打電話給女方，女方便以為男方欺騙自己，不知去了哪兒等等。這麼無理取鬧，試問又有誰能夠忍受得了？

3. 忌揮霍無道

無論你亂用他的或自己的錢，任何一個男孩都會因為你亂花錢而覺得你是個很難服侍的女孩，將來賺多少錢都會被妳花清光，因而怕了妳。

4. 忌污糟邋遢

一個頭，如果頭髮「油淋淋」，手指甲鑲了黑邊，衣服發出異味的人，真是人見人怕。若果一個女孩子是這樣，試問又怎會有男孩子喜歡呢？其實每個人都一定會有一點體味，因此最好用少許清淡香水。

5. 忌吸煙

十個男孩有九個都不喜歡自己的女友吸煙，就算他無所謂，但也寧願她不抽煙較好。有些男孩更規定自己一定不會選擇吸煙的女孩為女朋友。況且吸煙危害健康，為自己著想都不應該。

6. 忌衣著過分性感

衣著打扮是一個人的性格表現，若是經常穿低胸衣服，或作性感打扮，便會予人不正經的感覺，甚至讓人誤會愛穿那麼少布的衣服是想色誘別人吧！

7. 忌吱吱喳喳

經常吱吱喳喳，永遠有說不完的話，你的男朋友一定覺得很煩，簡直是製造噪音。而且他一定不喜歡帶你去見的朋友，一來妳那麼多言，隨時會把他的私隱也說了出來，又或者不停追問他朋友有關他的事。

8. 忌粗言穢語

一開口便是粗言穢語，不但難聽，更顯示出好是沒有教養的人。那些斯文有禮、有內涵、有學識的男孩子一定不會選擇妳。

9.忌囉嗦

經常在耳邊囉囉嗦嗦叫他這樣叫他那樣，會給男孩子無形的壓力。他本身可能已經有工作上或者學業上的壓力，若再過分要求他，他會透不過氣來。不但會覺得很煩，而且會對妳生厭。

10.忌過分約束

每個人也有自己的私人空間，基本上每個男孩子都喜歡有一些只屬於他與朋友的時間，若果硬要他24小時陪著妳，又或者埋怨他常陪朋友，又不准他去，總之任何事都要受妳約束，那麼到最後，他一定忍受不了。

~Part 7~

失落時刻

一句話讓失落化為烏有

神回金句

哎呀，你咁樣做會丟低我哋㗎喎，你捨得㗎咩？要阿爸阿媽再生過個好慘㗎喎……

優點剖析

即時處理

當弟妹向你透露自殺的念頭時，你千萬不要向他說：「你即管死俾我睇！」（雖然那只是想用「激將法」來唬嚇對方，但小朋友反而會認為，得到你的支持，他必定會「還你心願」）。

相反，你必須即時安慰弟妹，讓對方知道自己的存在價值，是絕對沒有人可以取代的，目的是加強他的存在感，消除他自殺的念頭。

最後，你更要動之以情，說如果要年老的爸媽再生育的話，將是件苦差，亦間接地向他重申要「孝順父母」的美德。

禁句例子

乜你郁啲就話要死喋，冇鬼用！

缺點透視

無助解決問題

青少年自殺是社會問題，大人不可以視之等閒。當孩子透露自己有自殺念頭時，他的情緒必是受到某種困擾。有見及此，你必須認真對待，大人的喝止既不能為孩子解決情緒問題，更會令想向大人求助的孩子卻步。

及早找出原因

什麼事情會令孩子這樣絕望，要踏上自我毀滅之道呢？壓力、感情困擾、傳媒渲染……都可能是原因之一。可是，孩子又為什麼這樣容易走向絕路呢？孩子缺乏面對逆境的勇氣，才是最根本的原因。

2 當發現弟妹偷錢時……

神回金句

你咁樣做我好嬲，但係又好擔心，因為我唔知你拎咗啲錢用響邊度。

優點剖析

給孩子改過的機會

如果發現弟妹心存貪念的話，最重要還是給予弟妹改過自身的機會，決不可從此放棄他們。因為「知恥近乎勇」，作為大哥哥或大姐姐的你，有責任給勇氣孩子改過，並教導他們正確的待人處事態度。

除此之外，你還可以這樣說：「如果你等錢用，可以話我知。如果你嘅要求係合理嘅話，我會幫你，但係如果你唔改過，我會當你壞人咁看待，我相信將你交俾警察叔叔，要坐監嘅滋味唔會好受得去邊」，來保存他們的尊嚴。

禁句例子

你做咩要做賊？呢次我真係要打死你！

助長暴戾的行為

如果弟妹因一時的貪念，而行差踏錯的話，絕對是值得受到懲罰。
但是，不管你用什麼方法，都不應訴諸暴力，即使是語言暴力好，
「藤條炆豬肉」也好，其實都不能解決問題，相反，你的行動和說
話，只會讓孩子的報復心理越來越重，性情也容易變得暴戾兇殘。

3 女友突然發脾氣亂擲東西時……

神回金句

不如你冷靜下先，有乜唔妥慢慢講俾我聽，等我同你分析一下。

優點剖析

給女友安全感

記得中國人有句話：「人之將死，其言也善。」即是說：但凡一個人突然遭遇情緒的變異，那其實都不是一個好兆頭。

可能你的女友時常都會發脾氣亂擲東西，所以你不以為然。但如果是用到「突然」的字眼時，情況則可大可小，一切皆視乎閣下對女友的緊張程度。

你可能會認為女友只是在工作上有不如意的地方，又或者家中的寵物患上重病……如果你有以上這些「先入為主」的想法的話，那只是代表你對女友缺乏危機感。真正的答案有可能是：家人突然離世、醫生發現女友身患絕症，又或者不幸遭遇性侵犯……你是否不

曾這麼想過？若不，又是否太過樂天主義？

所以，你千萬不可採取愛理不理的態度。相反，你要如上述「神回金句」中，擺出一副專業顧問的模樣，理智地為對方分析問題，讓對方感覺受到重視。

> ## 禁句例子
> **你冷靜啲啦，你照吓塊鏡你宜家似乜？成隻癲雞噉咁！**

缺點透視

視女友如瘋婦

面對女友近乎發狂的行為，做男友的往往想用三言兩語來令女方冷靜。可是，在以上「禁句例子」中，卻完全找不到半點柔情的關懷，只有狠辣的怪責，結果就是火上加油，令局面一發不可收拾。

另外，句末那句「成隻癲雞噉咁！」更是把女友當作傻婆、亂發神經一樣，只會令已經受到情緒困擾的女友，更添煩躁！

4 弟妹埋怨你 太忙無暇陪她去玩……

神回金句

我知道你好想我陪你去玩……但哥哥/姐姐呢排真係好忙，抽唔到時間出嚟，我都好對你唔住。

優點剖析

讓孩子學習處理情緒

你要表達出明白孩子的失望，重視他的感受，並說明自己不能守信的原因，絕對是情非得已。如果你的弟妹已是「高小」學生的話，你更可藉此給他上一課，讓他學習如何處理失望的感受。

切勿流露過多的歉意

過分冷淡固然會令孩子受傷，但過多的歉意亦會為孩子製造「打蛇隨棍上」的機會，並一次過發洩對你的不滿。所以，就算要表示自己的歉意，亦要懂得適可而止。

禁句例子

冇心情呀！我上次講吓之嘛，我講你又信！

缺點透視

禍從口出

平日我們忙得經已分身不暇，甫踏進家門，弟妹便纏著自己不放，更要你兌現不知何時許下的承諾：「陪他去玩」。

這時，你心想：公司的工作已夠煩了，又哪會記得和孩子的戲言？於是藉詞打圓場，可是，以上這種半開玩笑式的回應，卻會令到孩子覺得自己不被重視，失望和忿怒的情緒，直衝上孩子的心頭。其實，這類接近無賴的推搪，會給孩子留下很壞的印象，他會覺得大人不負責任，亦從此不再信任大人，日後你便再難和他溝通了。

神回金句

想喊就喊啦，冇人會睇到你㗎！

優點剖析

有助對方抒發情緒

「你係堂堂男子漢嚟㗎！點解一遇到挫折就淨係識得喊？真係唔知醜！」相信大部分的成年人，都曾經這樣對孩子說過。

其實，向小朋友一再重申自己的堅強形象，好讓他日後保持著硬朗的形象，不是最好的嗎？

其實你這樣做，只會危害他身心的正常發展。而事實上，男孩和女孩都一樣，都需要以哭泣來抒發哀傷的情緒，千萬不可命令他們將悲傷藏在心裡。所以，身為大哥哥或大姐姐的你，當下次遇到弟妹因「小事」想哭的時候，就由他們哭出來吧！好等弟妹有抒發情緒

的空間，令內心變得舒服。待對方發洩完內心的悲戚後，再慢慢處理他們的問題。

禁句例子

喊咩呀，你係堂堂男子漢嚟㗎！

缺點透視

壓抑小孩情緒的表達

你可能會想用男孩應有的堅強特質來阻止弟弟喊。其實，小朋友都是因為不開心或受到挫折後才哭泣，所以這種喝令方式，不但無助小朋友抒發內心的不安，更會讓他們覺得自己被家人忽略。

試想想：如果家長每次都用「男仔唔應該喊」來阻止情緒的表達時，那麼小朋友定必會想：「我最憎做男仔！」。當他成長後，才告訴你自己想變性為「女兒身」時，你又會有何種感受？

6 當女友埋怨你
不及她閨中密友的另一半富有時……

神回金句

我哋都有好多值得開心嘅地方㗎，你話係咪呀？

優點剖析

讓對方珍惜現有

通常人都是貪心的，當女友知道閨中密友的男伴怎樣富有和事業有成後，會自然將男友和對方比較，當發現男友有比不上的地方時，嘴巴裡自不然會流露出埋怨的聲音。

此時，作為男友的你，如果按不住自己的脾氣，厲聲斥責女友「拜金主義」、「手指拗出唔拗入」的話（有的甚至只會將鬱結埋藏在心裡，卻不發一言），那絕對是無補於事，相反卻只會令她越益羨慕友人，並越益看輕自己的男友，認為他不思進取、沒有安全感，嚴重的更會令彼此的關係亮起黃燈。

所以，你應該說類似「神回金句」的說話，先引領對方回顧一下這段關係其實有許多值得回味，甚至令人羨慕的地方，再向女友訴說自己的理想，及自己如何逐步落實這些計劃，讓對方覺得你是一個勇於求變、有理想、有魄力的人，增加你對她的安全感。

禁句例子

也我哋好差咩？

缺點透視

缺乏正面的引導

這種回應反映了男友不喜歡女友處處將自己和別人比較，顯得自己看來非常不濟。或者，男友內心的自卑感其實都不言而喻。缺乏正面的引導，加上自己只懂埋怨對方，結果只會留不住女友的心，對你的感情轉淡。

拒絕累積失落

在日常生活中，教我們失落的時候多的是，很多人於是就會出現焦慮、煩躁不安等情緒。特別是這一變化如果是負面的，比如降職、減薪等，很多人都感覺難以承受，出現焦慮、抑鬱的情緒，嚴重者會出現身體、心理的雙重疾病，直接影響到工作和生活。

有專家認為，一個人工作幾十年，不出現問題幾乎是不可能的，關鍵是要學會積極主動地去處理問題，調整自己的心態，避免因為一些暫時的挫折而影響到今後的工作生活。

解構「應激事件」

其實，以上提到的所謂「挫折」在心理學的專業術語中稱為「應激」，而造成應激的事件為「應激事件」，應激事件會通過眼、口、鼻等感官進入人的體內，大腦將事件根據已經形成的一個標準進行分析，判斷其是好是壞。當失敗的事實確定後，就會感到很失落，預計標準與實際事實之間相差得越大，人的失落感就會越強，也就是通常說的「期望越大，失望越大」。

「應激事件」的生理反應

當應激事件發生後，大腦就會做出判斷後，通過人身體的幾個系統發生反應。比如腎上腺系統會大量分泌腎上腺素，使人感覺心跳加快、血壓上升、煩躁不安、焦慮等。另外，免疫系統會出現免疫力下降，經過應激事件，有的人可能就生病。

應激事件亦分為「急性應激」和「慢性應激」，急性應激是指突然知道某件事，人立刻就有上述不好的感覺；慢性應激是指過了一段時間，這種感覺還存在，還沒有擺脫這些不好的影響，這樣很可能人會出現焦慮、抑鬱，認為「完蛋了」、「徹底不行了」，不僅對自己喪失信心，有時也會埋怨別人，對周圍的人和事都不滿，什麼都不想幹。

「應激事件」的分類

另外，應激事件也分為正面和負面的。正面是指好事，比如從股票市場中突然掙一大筆錢或是升職、加薪等，這些好事同樣對人會造成刺激，有的人同樣會出現焦慮、不安等情緒。因為負面的應激反應而出現身心問題可能更普遍，這些負面應激事件在職場中更是常見。比如職位降低、收入減少、人際關係出現問題或家庭出現矛盾等職場意外的事情影響到工作，而工作的不如意又會影響家庭。再如，事關個人前途的選擇時，是繼續幹還是離開；單位進來新人，自己的職位危在旦夕等，對於在職場中打拚的人來說，都是應激事件。

「應激事件」的處理手法

其實，如果出現了應激事件並不可怕，關鍵是要採取積極有效的措施解決。首先要明白，沒有問題是不可能的，出現問題是正常的，主動鍛鍊自己應付各種事情的能力，發揮主觀能動性，主動應對。另外，標準不要定得太高，什麼事都要一小步一小步地做，一個問題一個問題解決，要有一個長期的打算。

一般出現問題後，人會通過幾個系統進行調節。一是人自身的調節系統，比如找好朋友把事情說出來，這樣能在一定程度上起到化解的作用。有些人自身防衛系統也會產生作用，化壓力為動力，但有的人的壓力會很重，難以轉化為動力。此外，還有社會支持系統，比如找朋友幫忙出主意想辦法可能就過去了，也可以借助社會機構等，但這些都是外界的，順利躲過不如意，還是要靠自己。

如果應激事件確實造成了很大影響，自己已經難以化解，影響到生活工作，身體心理都出現問題，那就要去看醫生，既要治身體又要治心理，必要時還要借助藥物。

如何增強個人抗風險能力？

為了避免應激事件出現後帶來的措手不及，大家最好不斷讓自己的能力變強些，對於社會可能發生的變化準備充分些，增強個人的抗風險能力。這樣的能力可以從身體和心理兩個方面來培養。

方法一：培養「述説」能力

有的人什麼事都悶在心裏，不會對人講，這樣的人就要學會述説，懂得選擇合適的人合適的時機來述説，述説也是一種能力，需要自我培養。

方法二：增強承受挫敗的能力

有的人遇到事就躲就退，這不是積極的態度。比如，收入降低影響生活，那就想想是不是業餘時間能幹點別的，增加收入；有的人感覺現在的工作不適合自己，那就應該積極找合適的，而不是在家閒著怨天尤人。有醫生説，這其實是一種思維模式，是從小形成的，能夠意識到面對的問題，有意識地去解決，養成積極應對困難的思維模式，就會形成一種好的習慣，使自己承受挫敗的能力增加。

方法三：鍛鍊可以幫上忙

通過身體鍛鍊來對付抑鬱、焦慮，同時放鬆心情，比如瑜伽、太極等較為舒緩的運動都有這個作用。散步簡便易行，每天堅持30分鐘就會有很好的效果。還有人喜歡用逛街的方式來發泄不如意情緒，有醫生提醒這樣的人，這時最好不要帶太多錢，否則在不理智的情況下花了大筆的錢，前面的不如意過去了，新的煩惱又來了。還有

人喜歡看電影、電視或自己發呆等。

其實，解壓的方式很多，沒有一定之規，只要能對自己的心情有幫助就可以。但要注意，當天的情緒問題一定當天解決，不要積壓在心裏。

Part 8

尷尬時刻

一句話讓自己不再面紅耳赤

1 在公司誤將色情電郵forward給上司……

神回金句

（先將該封電郵再forward十多次給上司後，向他說）「弊啦老細，我唔知個客封email有病毒，搞到部機乃咗嘢，宜家部機係咁forward啲古怪email去你度，不如等我幫你搞掂返佢啦！

優點剖析

彰顯責任心

不少人在工作期間，都會偷偷查閱私人電郵。雖然這些電郵（尤其是一些內容「少少鹹，多多趣」的郵件）能舒緩工作上的緊張情緒，而轉發這些內容有趣的電郵給同事的話，或會有助增加你在同儕間的受歡迎程度。

不過，假如你將這些色情電郵誤傳給上司的話，也不用擔心。你先可以參考以上的「神回金句」，告訴上司自己的電腦中了病毒，而中毒的原因乃查閱了某位客戶的電郵所致。當他知道電郵中了病毒，便不會開啟你傳來的郵件，令尷尬的情況不會產生。

為了將功補過起見，你務必要向上司建議由你來「收拾殘局」——

你不用擔心上司會就此事責怪你，相反，你可借此直接向上司彰顯你的責任心。

最後，在你幫上司修理電腦的時候，説不定更可借此機會，一窺上司電腦內的重要資料呢！

> ## 禁句例子
> **死囉老細，我正話唔覺意將封email send咗去你度！**

缺點透視

給上司「公私不分」之感

有時候，向上級表現過分誠實，反而會害了自己。就以上的「禁例句子」來説，由於你欠了合理的「解釋」（雖然那都只是藉口），對方自然會認為你處事公私不分、公器私用、明目張膽、練精學懶……為你附加種種罪名的結果，便是扣減對你的印象分。

神回金句

先生/小姐，不如我同你調位（靠窗位置）坐，等你瞓得舒服啲吖！

優點剖析

延誤終生幸福

以上提及的處境，實在是香港人睡眠不足情況的寫照。當男士在乘車時，遇到鄰座正熟睡的女乘客，快將整個人挨在你身時，你又會怎樣反應？除非你心存僥倖，想借機呼吸對方秀髮的香味，又或者想一親鄰座的女士的香澤，那當然又作別論（當然，你亦要承受被告非禮的危險），否則閣下都是檢點些較好。

試想想：如果你不及時阻止這位女士，一旦她躺在你的肩膊上呼呼大睡的話，到時你又要花一輪功夫才能脫困。又或者如果對方將唇膏、頭髮或者香氣留在你的襯衣上，你又該如何向情人解釋？最重

要的是，倘若你們二人互相依偎在一起的情景，恰巧被情人或她的親朋戚友、同事，甚至乎你情人的死敵看到（或用手機拍下來）的話，那幀相片（或短片）所帶來的後果將肯定是不堪設想。

禁句例子
（高聲斥責對方）「做咩呀小姐？你挨身挨勢想點呀？檢點啲好喎！」

缺點透視

做法不懂大體

正如剛才所說，當我們倦極而睡時，行為往往貽笑大方，如果你就此而向對方破聲大罵的話，不但會顯得過分敏感，更會有失風度，旁人看在眼裡，亦只會認為女的無辜，男的自大。

須知道「山水有相逢」，正如電影的情節一樣，世事最奇妙的是：前一刻被你罵得無地自容的人，下一刻原來那人就是你的未來外母，又或是女友的閨中密友……

神回金句

唔緊要喎，你都唔係有心嘅，反正你都係因為覺得我同佢一樣咁靚女（或靚仔）先搞錯之嘛，我都不知幾開心喺呀！

優點剖析

借花敬佛

在以上的場景中，只要你依照「神回金句」之答法來「打圓場」的話，不但可以減輕對方的不安情緒，更可以乘機借花敬佛（連消帶打地稱讚彼此都是俊男美女），及盡展你的幽默智慧，做法絕對是一舉數得。

能夠將朋友一時的粗心大意，順水推舟變成美言，是讓你在朋友中永遠成為最受歡迎人物的不二法門。

禁句例子

乜你冇帶個腦出街㗎？咁都叫錯我個名！

缺點透視

過分自我中心

經常與不同的人接觸，是都市人典型的工作模式。

除非閣下的記憶力超乎常人，否則你會發現：當接觸的人事越多，就越容易將客戶的名字「搞錯」，所以就算朋友叫錯自己的名字，亦只是無心之失。

在「禁句例子」中，當別人叫錯自己的名字時，便立即嚴厲斥責對方。這種行為不但是強人所難，更顯示說話的人性格過分自我中心，又或者自抬身價，以為自己是什麼大人物，完全漠視別人的感受。

神回金句

係呀，我買嚟係當你唔響我身邊時用嘅……你知啦，你成日都咁忙，點得閒成日陪我喎……

優點剖析

表現對男友的忠貞

女士們如果不慎遭男友發現藏在衣櫃內的「珍藏品」的話，你大可以用以上的「神回金句」來解困——對於一些外表總給人「野性」感覺的女士尤其適用。

例句不但可以向男友明確指出，對方在自己的心目中有多重要，就算他因為事忙，未能經常陪伴左右，自己亦不會不甘寂寞，作出任何越軌的行為。說法既顯示女方的忠貞，更可進一步間示男友經常冷落自己。

可以肯定的是，當男朋友聽到這番話後（假設閣下擁有一個稱職的男朋友），必定深感內咎，除了以後會花多放點時間陪自己外，說不定更會為你準備一餐豐富的晚宴，或是為你送上鮮花美鑽，以表歉意。

禁句例子

你做咩摷我啲嘢呀？

缺點透視

容易演變成吵架收場

在社會風氣日漸開放下，都市男女各自尋找性伴侶或「成人用品」作慰藉，已不再是什麼駭人聽聞的事情。

儘管現實就是這樣，但身為男性最怕見到的，是女伴嫌機器的互動性不夠，於是便瞞著自己，和別的男性發展性關係，即「偷食」是也。

不過，就算給男友意外發現藏在衣櫃內的成人用品時，女士們也不用太緊張，如果你用憤怒的語氣來回應的話（即以上的「禁句例子」），不但會令對方覺得你心虛，更害得雙方在尚未搞清答案前，便已「開戰」了，令大家無法再講下去。

神回金句

哦，你話果樣嘢呀？啲朋友送俾我㗎咋，我都唔知點用嘅，所以咪將佢擺響衣櫃一二角囉，不如你教吓我吖！

優點剖析

不知者不罪

和剛才的情況有點不同，今次的答案較適用於外表較斯文的女士用。

當男友將你的「私人珍藏」放在你面前，準備盤問你：「點解會收埋呢啲嘢響衣櫃度㗎？你平時仲有啲咩係瞞住我㗎？」的時候，你絕對不用慌張，相反你可來一招「將計就計」，假裝是由某位姊妹贈送（切記，若將送禮的一方説錯成某位男性朋友的話，你將陷入萬劫不復之地！）由於你不懂得它的用途，於是只得將之放在衣櫃的一角，留待向男友請教。當男友聽到你的申辯後，必會怒氣全消，並會將你緊緊抱入懷內，令你成功過關。

禁句例子

關你咩事！

缺點透視

加深彼此的誤會

當面對以上的情況時，只要誰先動怒，便容易犯上「作賊心虛」的罪名。如果你以為強硬的態度，便能喝止對方的話，那便大錯特錯了。相反，那只會令男方繼續胡思亂想，令這次事件成為埋藏在你倆內心深處的不解之結。

神回金句

（假裝有事向上司匯報，並用身體背著眾人，阻擋著他們的視線，然後輕聲地對上司說）「老闆，你條褲鏈未拉好。嗱，一陣我扮有事宣佈，你趁機會去廁所拉返佢啦！」

優點剖析

做法為上司設想

相信不少男士都試過忙中有錯，在解手後忘了將褲鏈拉好。如果你上完廁所後只是返回自己的工作房間的話，那問題倒也不大。可是，如果你待會就要在台上向眾人演講，又或者做工作匯報的話，那可真是一樁非常尷尬的事情……

身為私人秘書的你，如果在見到上司將要出醜前，能夠作出像「神回金句」的反應的話，那對方自然會深感興幸，並會為聘請了你這樣一位反應機靈、做事一眼關七的「近身侍衛」感到欣喜，對你自然另眼相看啦！

禁句例子

老闆，你條褲鏈未⋯⋯

缺點透視

令上司顏面無存

有時候，在工作上開個無傷大雅的玩笑，是可以緩和同事緊張的工作氣氛，並縮近和同事的距離。

但切記，在辦公室內並非每個人也適合作為開玩笑的對象，尤其是上司，因為這是職場的金科玉律：上司永遠都是上司。永遠不要期望在工作崗位上能和他成為朋友，即使你們以前是同學或是好朋友，也不要自恃過去的交情與他開玩笑。尤其是在有第三者在場的情況下，就應格外留意。

7 當女友堅持穿著衣不稱身的衣服出席晚宴時……

神回金句

呢件都幾好睇呀，不如又試下呢件吖，隻色同個款我都覺得幾靚呀！

優點剖析

引導女友作出適當的選擇

女友要出席晚宴，自然會用心打扮一番，目的都是希望贏得你的認同和讚賞。

但是，如果她的選擇是過分「特別」，自然令人不敢恭維。但作為男友的，如果對她的選擇毫無保留地批評的話，又似乎有點不近人情——畢竟，那是經她「悉心」打扮出來的完成品。

如何是好？此時你可以用類似「神回金句」作回應，先肯定女友的選擇，再建議她試穿另一件，由於你在建議時已間接地表達了你的喜好，作為女友的，如果見你這樣歡喜，很自然便會跟從你的選擇，改穿你的「心水選擇」。

禁句例子

嘩！也你著件咁嘅嘢出街呀？

缺點透視

直指品味有問題

上述「禁句例子」除了說明，你對女友的選擇不敢恭維外，更令她覺得你對她品味的全盤否定，甚至是衣著襯不起你，直接打擊了她的自信，嚴重者更會害得她哭成淚人，令晚宴的氣氛尷尬──因為可以肯定的是，她將整晚不發一言，甚至連眼神的接觸都不會有。

而另一個引申出來的問題是：由於你對她品味的全盤否定，下次當她逛街買衫時，亦必定另找朋友相隨。如果你女友只是找其他「姊妹」購物還好，但最怕和她一起的是另一位男性追求者，結果那將為「第三者」締造追求你女友的空間。

8 在公司聽到
跟你要好的同事之是非時……

神回金句

哦……係咩？係呀？

優點剖析

不表達個人意見

人多自然是非多，搬弄是非是很多人的嗜好，更成為辦公室政治手段之一。不表達個人意見，是避免有心人向老闆、女秘書或其他有關人士面前，誹謗自己在背後說他們的壞話，這是辦公室政治鬥爭中明哲保身的上策。

切記，盡量不要表態！因為對你說是非者難道不知道你跟對方的關係嗎？當然，除了一個微笑外，適時講一些無意義的「哦……係咩？係呀？」就最安全。既可讓說是非者得到滿足，你亦可以達到收料之餘又不致被冠上是非精的美名。最後，是否將此等流言告訴你的同事，就要看彼此的交情了。

164 - 165 >

> 禁句例子
>
> 哎呀，咁又睇唔出㗎！

缺點透視

把自己捲入是非漩渦

可能只是自己一時口快，把這些辦公室傳聞，當作娛樂周刊的明星緋聞，加上自己的意見和評語。雖然是「講者無心」，可是「聽者有意」，當中主角還是公司話事人，如果這些謠言傳回有關人士耳邊，他們大興問罪，只要同事們說一句：「唔關我事，係阿邊個邊個講嘅！」，自己便可能成為犧牲品，絕對不值得。

神回金句

我知你好鍾意我，不過呢度咁多人，響度咁做好似唔係咁好，不如我哋返到屋企再慢慢做吖？

優點剖析

拖延男友的妙法

許多情侶在情到濃時，往往會情不自禁地做出以下的行為：先和對方攬作一團，繼而啜聲不斷後，之後便⋯⋯（以下的鏡頭，便須要勞煩家長指引，甚至是成人情節了。）

假如以上的情況在家裡發生的話，問題倒不大。最怕是他們將幕幕埋身肉搏的鏡頭，擺放在車廂中上演，結果惹來旁人的怒目而視。

如果你男友屬於性急一類的話，筆者建議你可以用「神回金句」來回應他的訴求。不過，你必先要向男方肯定他對自己的關愛，只是由於場地問題，會對其他人構成不便。

如果你的「急色男友」對你說：「怕咩吖，唔使理佢哋咁多啦！」

，那你就可以這樣回應對方：「不如我哋返到屋企再慢慢做吖？」。其實，「做」這個字，定義十分廣泛：既可以是依據上文而推論出的「親咀」行為，也可以代表「做愛」。但多數男性即時想到的，就肯定是後者。於是，你就可以借此作為拖延戰術。至於當你歸家後，你又怎樣界定這「做」字的含意，則視乎你自己了。

> **禁句例子**
>
> **呢度咁多人，乜你唔怕醜㗎咩？**

缺點透視

暗指男友不懂大體

如果女友用「禁句例子」對男方說的話，無疑就是指責對方將在家裡才會做的事情帶到街上，使旁人感到肉麻骨痹還不自覺，並將自己淪為旁人的笑柄，當眾做出一些失禮行為一樣，不懂大體，男友聽到心裡當然非常不滿。

專家錦囊

如何化解會議中的尷尬局面？

開會時，常常遇到老闆不滿意某位同事的報告或觀點，或會議進行一半時，同事因意見不同而造成尷尬的氣氛。身為與會者的你，該怎麼打圓場，好打破僵局，繼續進行會議呢？

對許多公司而言，開會是極其平常的工作，但卻也極其重要，因為會議的其中一個目的，是集思廣益，才能激發各種新創意。

也因為每個人對創意有各式不同的看法，或是主管對於部屬的報告或看法持相反意見，很多公司組織在開會時常有因意見不同，時有爭執不下的尷尬場景。

異中求同，化解尷尬

若是公司內部會議進行一半時，上司因不同意某位同事的想法而加以斥責時，其他同事可以試著先以「異中求同」的方式來化解僵局。由於與會者都是針對某一特定議題，透過會議來彼此討論觀點，其

中必有部份相似之處，而非只有對錯兩個極端的戰爭。因此，其他人可以先分析主管的想法，再羅列另一位同事的觀點，例如「主管，你的想法有A、B、C，而他的意見是A、C、D，其實你們都認為A與C是可行的」，找出中間交集之處後，特別針對相似之處加以討論來和緩尷尬的氣氛。

暫停會議 彼此冷靜

如果上司當時是對某位部屬的情緒反應、或是同事間意見不同時，那麼我建議最好的方式停止爭吵，是由會議主持人宣佈休會片刻，先讓雙方冷靜一下，氣氛稍稍和緩之後再持續會議討論。同時，也請其他與會者說說自己的想法，供主管與當事人參考。

此外，會議主持人也可以先跳開這個爭議的話題，選擇有趣的議題或爭議性較低的議題來討論，同時，個性較為活潑、廣為大家接受的同事可以主動胡扯些適宜的話，來化解突然冷卻的氣氛、打破僵局。當氣氛和緩後，再持續進行議程。

對外會議：事前沙盤推演最重要

除了公司的內部會議時有尷尬情景發生，對外的會議，尤其是對客戶報告或討論的會議，也常會有意見相左而爭執不下的情形。

同樣的，異中求同是一個最有效化解尷尬的方式。先綜合列出客戶的想法，再聚焦點出雙方意見相近之處，特別集中討論，同時提出適宜的解決方案。

此外，公司的對外窗口因為平時接觸客戶最為頻繁，就在尷尬會議中扮演著極其重要的角色。可以依據對方的個性適宜地先岔開造成僵局的話題，跳進較無爭議的議題討論。

但所有打圓場的方式都不如事前做好準備工作、避免僵局的方式來得有效。在與客戶開會前，公司內部先預演，設定好討論議題的順序，針對可能會受到客戶質疑或較為敏感的議題，先做好沙盤推演，甚至先假設客戶可能提出的各式問題，準備最為合宜的答覆。例如客戶指出錯誤之處，負責的主管就先承認錯誤，並且及時提出解決之道。

會議前若有充分的準備，就能儘量避免會議僵局，也就不用時時出來打圓場了。

~Part 9~

決策時刻

一句話讓助你果敢決斷

神回金句

呢份工你做得咁好，睇在多年感情份上，最好幫幫手做埋落去吖！做生不如做熟，冇咗你我感覺有啲擔心！

優點剖析

讓員工感覺受到尊重

在一般「打工仔」的心目中，老闆從來都只會賤視員工。莫說上司平日怎樣將下屬所立的汗馬功勞盡歸於己，即使是當員工向他遞辭職信時，對方亦不會作出挽留，可見人情如紙薄——當然那些被公司辭退的職員不在此範圍內。

在「神回金句」中，說話的人就向下屬明確地指出他們對公司的貢獻。如果上司能夠適時地「矮化」自己，那將有利挽留人才，所謂「士為知己者死」，便是這個意思了。

> ## 禁句例子
> 你想做咪做囉，不想做就走人，呢間公司邊會話冇咗你唔得？啲人排住隊嚟見工呀！

缺點透視

將人才直接送到敵方陣中

俗語説：「禍從口出」。

只有最愚蠢的老闆，才會説出類似以上「禁例句子」的説話。如此不留情面地斥罵員工，換來的不單是勞資關係的即時破裂，令該名人才永永遠遠從你的公司消失。更最可怕的是，他很可能會投向你競爭對手的懷抱，又或者自己成立別家公司……不管答案是哪一項，結果都殊途同歸──他會跟你對著幹，這種情況尤其以銷售行業最為普遍。由於銷售人員掌握了公司所有客戶的資料，故此趕走了這些得力助手，就有如和公司的「米路班主」鬧翻了一樣。

神回金句

咦，你好似對我新安排俾你嘅工作有啲唔同嘅意見喎，不如我哋坐低傾陣偈？

優點剖析

加強與下屬的溝通

有不少上司，儘管他們觀察到下屬對工作安排有不滿時，都會以各種藉口來拒絕員工的當面對質。他們的藉口往往是：「忙」。

雖然老闆的理由多多，但最主要原因其實是由於他將自己「神化」，以為自己「我就是道路」。然而「道路」的盡頭是生是死？根本無從得知，是故老闆多會將「你唔試過又點知？」掛在口唇邊。

如果有上司能夠說出類似以上的「神回金句」，透過和下屬對話，加強溝通和了解他們的感受，不但可以達到集思廣益、令公司不斷成長，更可以防止員工的士氣低落，影響工作的質素。

> **禁句例子**
> 使咩理佢哋咁多吖？只要你哋照足我嘅意思去做就得㗎啦！

缺點透視

高壓管治適得其反

其實，類似以上「禁句例子」的説話尚有很多，例如：「有咩事你同我秘書講啦！」、「你跟住做就得㗎啦！」、「你花咁多時間同我拗，不如你拎嗰啲時間快快手完成佢仲好過啦！」……

各式各樣的應對語句，反映了在老闆的心目中，所謂的「員工合作」是指只要下屬能確切執行自己下達的命令便可，結果是令政策的推行變得單向，亦削弱了員工的創意，更造成「員工」心態：不求有功、但求無過，對公司的長遠發展實在是構成不利的因素。

神回金句

我冇話要炒你，不過我想知係唔係你做？如果係，唔該你將整件事原原本本咁講俾我知。

優點剖析

做事留有餘地

不要因為員工做錯事就處罰他們，因為那位員工已經感受到非常難過了。相反，你應該從積極的方面入手，鼓勵他們繼續努力。同時，幫助他們學會在失敗中學習，並和他們一起尋找失敗的原因，探討解決的辦法。

此外，就算真是責罵，你都應該在責備下屬前，抑壓自己的怒火，保持心平氣和，鼓勵員工把真相說出來，這樣，你才能和下屬有更緊密的關係。

> **禁句例子**
>
> **唔使問阿貴，我知又一定係你做㗎啦！**

缺點透視

先入為主

在處理投訴或在工作項目出現錯誤時，上司的先入為主，往往會令下屬欠缺自我申辯的機會。

就好像上述的「禁句例子」一樣，雖然每樣事情的發生，皆事必有因，故可以想像該名被上司點名批評的員工，平日處事一定錯漏百出，才會招致上司對他留下「深刻」的印象。當下次遇有同類的時候時，上司終於忍無可忍，在不問因由的情況下，將責任歸究於他。

不過，以上這位上司的行為亦不敢恭維，他根本沒給下屬解釋的機會，而只一股腦兒地指罵。顯然易見的，除了是員工的含冤受屈外，他又是屬於EQ低的一類的上級。

神回金句

正話我講咗咩嘢？……好，你既然明白，我就不再重複嘞。

優點剖析

用和平的方法解決問題

見到下屬發白日夢，老是將你的說話聽不入耳，怎麼辦好？

其實，想對方作出改善的方法有很多，責罵並非唯一的方法——畢竟，責罵人始於是一件非常動氣的事情，而被罵的一方又會變得缺乏自信，彼此雙方都沒有太大的獲益。

你只要用類似「神回金句」的方法，叫下屬將你吩咐的說話重複說一遍，問題便可迎刃而解。因為這樣做能能準確測試員工是否真正明白你的意思，還可以加深他的印象，並可以在適當的地方再加以補充，好讓對方在執行指令時，能夠事半功倍。

禁句例子

聽到未？

缺乏回饋的訊息

當聽到上司這樣問後，員工本能的回應當然是「聽到」，但此話的可信程度有多高？

其實，這句說話帶有瞞天過海的能力。雖然下屬口口聲聲地向你表達正面的訊息，然而他可能根本未有將上司的說話記在心中。其實他心裡只求盡快離開你的視線範圍，於是就隨便向你說聲「聽到」，以為這樣便可以安撫你。誰知你又將他的話信以為真，結果當你發現原來對方做事錯漏百出，要補救也補救不來時，你只會讓自己更加生氣。

神回金句

你宜家呢一刻嘅心情我都好明白，俾著我都會唔開心，咁不如等我哋坐低先傾吓第日點應付啲客呀！

優點剖析

認同員工感受

下屬作為前線人員（如果是銷售人員則更甚），許多時都會受到客人的無理對待，其中部分更會以粗言穢語來責罵自己的員工，令他們的工作情緒大受打擊。

作為上司的你，不妨先向下屬表示同情，説如果易地而處，自己亦會有同樣感受，讓他們得到精神上的鼓勵。這樣將有助他抒發鬱悶，對恢復員工士氣有著莫大的幫助。

當你向下屬了解事情的來龍去脈後，你不妨再給他傳授應對客人的技巧，特別是當遇到不同類型的客人時的應對技巧，加強他們在職場的謀生能力。

禁句例子

俾人鬧兩句就梗㗎啦！唔係咁都頂唔住呀？

忽視員工的感受

「禁句例子」中最不要得的地方，是下屬在無端被人以粗口辱罵後，但作為上司的你，不但沒有表示同情，卻竟然在這個時候對他大加譏諷，暗示被人辱罵是最正常不過，若你忍受不了是你無用之過，絕對視員工是人肉沙包，是免費為客人抒鬱悶的「出氣袋」。說法不但令員工感受到人情冷暖，更會暗罵你賤格無良兼勢利，憤然辭職乃遲早之事。

6 當下屬向你表達 對公司的意見時……

神回金句

有意思！睇嚟你對工作有唔少嘅睇法喎，不如我哋坐低大家商量吓吖！

優點剖析

營造良好的談話氣氛

上述「神回金句」的最大好處，是讓下屬感覺你是在細心聆聽，而非假諮詢。

因為有不少上司在遇到下屬要向他表達意見時，都會以裁判的姿態出現：一邊聆聽員工的意見，一邊在心裡進行反駁。到最後，便出現「意見接受，態度照舊」的情況，浪費了一次溝通上下的好機會。

鼓勵説話者表達意見

對説話者的需要表示出興趣的同時，亦要適當地使用簡單的語句，

如「我明白」、「真係？」，或者「有意思」等來認同對方的陳述。並通過説「我想聽吓你嘅諗法」、「講嚟聽吓」、「我哋討論一下」，或者「我對你講嘅好有興趣」等，來鼓勵説話者表達更多的意見。

> ## 禁句例子
> 算把啦！你成日諗埋啲唔work嘅橋嘅，不如你做完手頭上嘅嘢先啦！

缺點透視

先入為主壓抑創意

過早地下結論，不但會顯得武斷，更會傷害了下屬的感受。在以上的「禁句例子」中，上司一句「算把啦！你成日諗埋啲唔work嘅橋」無疑是輕視了員工的創意。忽視下屬的意見，無疑是扼殺了公司的長遠發展。

造成「員工」心態

由這位上司對下屬表達意見時的愛理不理的態度來看，可以預見就算他肯坐下來和員工談談，亦只會邊聽邊反駁。當員工知道自己的心血受到忽視的時候，便會懶於思考，甘心只當「員工」，削弱他們對工作的熱誠。

專家錦囊

成功決策的 8 大步驟

決策不僅是做出決定而已,在這之前必須進行詳盡的資料搜尋和評估工作,事後更要進行檢討,才能真正累積經驗,提高日後決策的成功機會。完整的決策過程可分成八個重要的步驟。

1. 明確定義問題

瞭解問題真正所在,才能作出正確的決策,否則可能導向錯誤的決策方向,不僅無法解決問題,又可能產生新的問題。問題的定義不僅是幾句話的描述而已,「定義問題是為了設定範圍、釐清細節。」遠距顧問公司(Distance Consulting)的創辦人佛瑞德•尼可斯(Fred Nichols)說道。最好的方式就是將目前的問題切割成數個更小的問題,這樣才能看清楚問題的原貌。

美國聖湯瑪斯大學(University of St. Thomas)非營利組織管理中心的講師卡特•麥可拿馬拉(Carter McNamara)認為,定義問題主要分成四個面向:

• 問題是何時發生的?
• 是如何發生的?
• 為何會發生?
• 已經造成哪些影響?

問題的釐清需要花費時間，在決策的過程中，有可能因為新資料的發現而有了不一樣的看法，因此問題的定義是一個持續的過程，經過不斷的調整、重新的解釋，一次比一次更為完整、更為清楚。

另外要注意的一點，彼得·杜拉克（Peter Drucker）在《有效的經營者》（The Effective Executive）書中提到，不同類型的問題有不同的處理方式，因此必須事先區別清楚。屬於一般性的問題，像是關於行政方面的問題，通常都有既定的規定或是政策作為依據，不需要花費太多的時間與精力。如果屬於突發狀況，就必須重新全盤的考量，完成所有決策的步驟再做出決定。然而，有時候突發狀況可能代表了未來的趨勢或是新商機所在。歷史上曾發生一次著名的案例，1960年代新研發的沙利竇邁（thalidomide）原本用作鎮靜劑以及預防害喜，後來因為發生畸形兒的事件，最後被列為禁藥。最近醫學界卻發現它有抑制癌細胞血管新生的作用，因而再度受到矚目，目前正處於臨床實驗階段。

因此，決策者的重要責任之一便是判斷這是單純的突發事件，還是新的趨勢正在形成。例如突然接到一筆大訂單，經理人必須思考這是季節性因素而造成的單一事件，或是屬於未來長期的趨勢。

2.決定希望的結果

例如在決定新產品的行銷與銷售策略之前，你必須先想清楚希望達成什麼樣的目標。你希望藉由這項產品提升公司的營業額？改善獲利？提高市場佔有率？打響公司的品牌知名度？或是建立企業形象？

你不可能同時達成所有的目標，就好比說你不可能是全公司表現最傑出的員工，同時也是全世界最偉大的父親或母親，你必定要設定優先順序，有所取捨。

3.蒐集有意義的資訊

在開始蒐集資料之前，必須先評估自己有哪些資訊是知道的，有哪些是不知道的或是不清楚的，才能確定自己要找什麼樣的資料。

《贏家決策》（ Winning Decision ）作者、康乃爾大學（ Cornell University ） 強生管理學院（ Johnson College ） 教授愛德華·魯索（ J. Edward Russo ） 特別提醒，資訊不是越多越好。有時候過多的資訊只會造成困擾，並不會提高決策的成功機會。因此必須依據資訊對於決策目標之間的關聯性以及相對重要性，判斷哪些資訊是需要的，哪些可以忽略。

4. 考慮各種可能的解決方案

這個階段最常聽到的抱怨就是：「想不出好的解決方法。」事實上，不是想不出來，只是因為考慮得太多，覺得什麼都不可行。但是這個階段的重點在於大家相互腦力激盪，提出各種想法，不要考慮後續可行性的問題。請記住：

• 點子愈多愈好

- 不要做出任何的價值判斷
- 愈是突發奇想的點子愈好

所有的想法都提出來之後，找出比較有可能執行的，然後針對每一個想法再詳細討論使其更為完整，並試著將不同的想法整合成更好、更完整的方案，最後篩選出數個選擇方案。「創意來自於選擇與整合好的想法，而不是創造想法，」中奧克拉荷馬大學（University of Central Oklahoma）企管系教授羅伯特•伊布斯坦（Robert Epstein）說道。

5. 仔細評量篩選出的選擇方案

每一種方案的優缺點是什麼？可能造成的正反面結果是什麼？這些選擇方案是否符合你設定的預期目標？

首先你必須依據先前所蒐集到的客觀數據作為評量的依據，同時評估自己是否有足夠的資源與人力採取這項選擇方案。

除了理性的思考外，個人主觀的感受也很重要。反覆思索每一個選項，想想未來可能的結果，你對這些結果有什麼感受。有些你可能覺得是對的，有些可能感覺不太對勁。你可以問問自己：「如果我做了這個決定，最好的結果會是什麼？最壞的結果又會是什麼？」再仔細想想，有沒有什麼方法可以改進讓自己感覺「不對勁」的方案，或是消除自己負面的情緒感受？也許你需要更多的資料消除自己的疑慮，但也有可能你的直覺是對的，某些負面結果是當初你沒有考慮到的。

6. 決定最佳的方案

某些方案如果確定不可行或是超出本身的能力範圍之外，可先行剔除，再開始討論其餘的方案。

美國科學家班哲明‧富蘭克林（Benjamin Franklin）曾建議一個不錯的方法，也就是成本效益分析法。把每項方案的優缺點條列出來，優點的部份給予0到+10的評等，缺點的部份給予0到-10的評等，最後將所有優缺點的分數相加，這樣就可以得出每個方案的總分，決定哪一個是最佳方案。

不過，杜拉克特別提到，應該選擇「正確的」方案，而不是最能被大家接受的方案。在討論的過程中必定會有某種程度的妥協，但是必須分清楚正確的與錯誤的妥協，決策者不應害怕遭到反彈或反對而選擇一個大家都可接受的方案。有時候「有不如沒有來得好」，像是對於產品品質的要求絕對不能打折扣。

也有某些時候，「有總比沒有好」，你不得不選擇一個可接受的方案，而不是繼續尋找更好的方案。例如緊急時候，你必須立即採取行動、隨機調整方向，否則便錯失了良機。

7. 擬定行動計劃，確實執行

一旦做出了決定，就要下定決心確實執行，不要再想著先前遭到否決的方案，既然之前都已確實做好評估，就應專注在後續的執行面。你必須擬定一套詳細的行動計劃，包括：有哪些人應該知道這項決

策？應採取哪些行動？什麼人負責哪些行動？還有該如何應付可能
遭遇的困難？

8. 執行後不忘檢討成效

我們通常很少再回過頭來重新檢視先前決策的成效如何，因此無
法累積寶貴的經驗。根據心理治療學家安德拉•夏比洛（Andrea
Shapiro）的研究發現，人們無法從經驗當中學習主要有兩個重要原
因。如果結果是成功的，就產生可掌控一切的幻覺，甚至可以控制
突發的事件。如果結果是失敗的，就會合理化自己的錯誤，認為是
自己無法控制的因素。簡單的說，就是將成功歸於自己的能力，將
失敗歸於外在。

「事後的評估不應只是書面的報告，」杜拉克說道。報告不能完全
呈現出決策執行過程中的實情，就好比說我們不可能藉著研究台灣
地圖，就能看到玉山的面貌。有些細節必須要親身經歷或是聆聽參
與者的主觀意見，才有可能觀察得到。

不妨學習美國陸軍行之有年的「事後評估」（ After Action Reviews,
AAR's ）的方法，每當訓練課程期間或是軍事任務結束之後，由專家
負責主持座談會，讓每個人說出自己遭遇的親身經驗以及想法。討
論的內容都是非常基本的問題，包括：哪些部份表現良好？哪些部
份表現不佳？哪些必須保留？哪些部份必須改進？最後由專家彙整
所有人的意見，作為日後訓練課程的改進依據。

生活書房
LIVE PUBLISHING

KOL不教你的神回應

作　　者：石川平
責任編輯：尼頓
版面設計：黎錦聯
出　　版：生活書房
電　　郵：livepublishing@ymail.com
發　　行：香港聯合書刊物流有限公司
　　　　　地址　香港新界大埔汀麗路36號中華商務印刷大廈3字樓
　　　　　電話（852）21502100
　　　　　傳真（852）24073062
初版日期：2017年10月
定　　價：HK$88/NT$280
國際書號：978-988-13848-8-1
台灣總經銷：貿騰發賣股份有限公司
　　　　　電話：（02）8227 5988